その子どもはなぜ、おかゆのなかで煮えているのか

装幀　名久井直子
装画　Leonora Carrington “Darvault”

ハンネス・ベッヒャーのために

1

1

天国を想像してみる。

天国はとても大きいから、わたしは自分を安心させようとして、すぐに眠ってしまう。

目が覚めたときには、神さまは天国より少し小さいということがわかっている。そうでなければ、わたしたちは祈りながら、驚きのあまりずっと寝てしまうだろう。

神さまは外国語を話すだろうか？

外国人の言うことも理解できるだろうか？

それとも天使たちが小さなガラスの小部屋に座って通訳をするのだろうか？


それで、天国にもサーカスはあるの？

母さんは、あるよ、と言う。

父さんは笑う。神さまについては嫌な経験をしたのだ。

神さまがほんとの神さまなら、降りてきて助けてくれるだろう、と父さんは言う。

でも、将来わたしたちが神さまのところに行くんだとしたら、なんで神さまが降りてこなくちゃいけないの？

男はどっちみち、女や子どもたちほど神さまを信じていない。神さまと競争関係にあるから。父さんは、神さまがわたしのお父さまでもあることを望まない。

ここではどの国も外国だ。

サーカスはいつも外国にいる。でもキャンピングカーのなかは我が家だ。我が家が消えてしまわないように、わたしはできるだけ細く、キャンピングカーのドアを開く。

母さんの焼き茄子《なす》料理はどこでも我が家の匂いがする。どの国にいても関係ない。外国にいる方が故郷のものがずっとたくさん手に入るよ、だって故郷の食べものは全部外国に売られちゃってるんだからね、と母さんは言う。

故郷にいたら、全部外国みたいな匂いがするの？

自分の国を、わたしは匂いでしか知らない。それは母さんの作る食事のような匂いだ。

人は自分の故郷の匂いをいたるところで思い出す、と父さんは言う。ただしそれは、故郷から遠く離れているときだけだそうだ。

神さまはどんな匂い？

母さんの料理はどこでも同じ匂いがするけど、外国では味が違う。なつかしさのせいだ。おまけにわたしたちはここでは、金持ちのように暮らしている。食事のあと、わたしたちはスープに使った骨を平気で捨てている。でも故郷ではその骨を、次のスープのためにとっておかなくちゃいけない。

いとこのアニカは故郷で、一晩中パン屋の前の行列に並ばなくちゃいけない。みんなぴったりくっついて並んでいるので、順番を待ちながら立ったままで寝ることができるくらいだ。

行列に並ぶのは、故郷では立派な仕事。

ネアグおじさんと息子たちは、交代しながら昼も夜も列に並ぶ。そして店のすぐ手前まで来たら、その場所をほかの人に売るのだ。待たないですむだけのお金を持っている人たちに。おじさんと息子たちはそれからまた、列の後ろまで行って並び始める。

外国では、待たなくてもいい。

ここでは買い物に時間はかからない。お金がかかるだけだ。

市場ではほとんど並ぶ必要がない。それどころか重要人物のように扱ってもらえる。そして、何かを買えば「ありがとう」とさえ言ってもらえる。

ここの人たちは、いつでも新鮮な肉が買えるので、よい歯をしている。故郷ではもう子どものうちから歯が悪くなる。体がビタミンを全部吸い尽くすから。新しい町に着くといつも、母さんとわたしはまず市場に行って、たくさんの新鮮な肉と卵を買う。

魚屋に行くと、わたしは生きている魚を眺める。でも母さんはめったに魚を買わない。わたしが吐き気を催すから。ほんのときたま、母さんは自分のために一匹の魚を買って、それで魚スープを作る。食事のとき、母さんが魚の頭を指でつまんで肉を吸う様子を見るのがいつも怖い。見ると気分が悪くなるのに、見ずにはいられない。

わたしが大好きな食べものは

塩とバターを入れたトウモロコシのおかゆ《ポレンタ》。

チキンスープ。

綿あめ。

焼いたガーリックチキン。

バター。

ヒマワリのオイルをつけてトマトとタマネギをのせた黒パン。

肉団子。

ジャムをつけたクレープ。
ガーリックで煮込んだ豚肉。
マッシュポテトと焼きタマネギを添えたチキンのトマト煮。
ナッツの入っていないホワイトチョコレート。
レーズンとシナモン入りのミルクライス。
マヨネーズで和えた茄子のサラダ。
さいの目に切ったベーコン入りのラード。
ピーマンの肉詰め、サワークリームとおかゆ。
ハンガリーのサラミ。
生地《きじ》で包んで焼いたリンゴ。
豚肉とザワークラウト。
血のソーセージ。
ザラメをまぶした「死者のためのケーキ」に、マーブルチョコで飾りをつけたもの。
白パンに入っているレーズン。
塩を振ったキュウリ。
ガーリックソーセージ。
冷たい牛乳と温かいおかゆ。

ブドウの葉で包んだ肉。
棒状の砂糖菓子。
生のタマネギとグーラシュ（パプリカを入れたシチュー）。
ヤギのチーズとおかゆ。
バターと砂糖の入った白パン。
焼きアーモンド。
おまけ付きのチューインガム。

生のタマネギをげんこつで潰して食べると一番おいしい。そうすると、芯が飛び出す。オレンジは嫌い。生まれ故郷では、オレンジが食べられるのはクリスマスだけだったけど。

父さんはトマトを入れたスクランブルエッグが一番好き。

外国にいたって、わたしたちが変わることはない。どんな国でも口でものを食べるんだから。

夜が明けるころ、母さんは起きて料理を始める。鶏の羽をむしって、肉をガスの火であぶる。母さんは生きている鶏を買うのが一番好き。それが一番新鮮だから。

母さんはホテルのバスタブで鶏を殺す。

殺されるとき、どの国でも鶏たちは鋭い叫び声をあげる。わたしたちはどこにいても鶏の気持ちがわかる。

ホテルで鶏を殺すことは禁止されている。わたしたちはラジオの音を大きくして、窓を開け、わざと騒がしい音を出す。わたしは殺される前の鶏を見たくない。見たら、生きたまま飼いたくなるから。スープに入れない部分はトイレに流される。わたしはトイレに行くのが怖い。夜は洗面器におしっこする。そこなら死んだ鶏が生き返ることはない。

わたしたちはいつも、違う場所に住む。

ときにはキャンピングカーが小さすぎて、そのなかではお互いにすれ違えないくらいだ。そうするとサーカス団がわたしたちに、トイレ付きの大きいキャンピングカーをあてがってくれる。

ホテルに泊まることもあるけれど、部屋は虫だらけの湿った穴蔵みたいだ。

でもときには、部屋に冷蔵庫やテレビがある、ぜいたくなホテルに泊まることもある。

一度、一軒家に泊まったけれど、そこではトカゲが壁を走り回っていた。わたしたちはベッドをリビングルームのまんなかに集めて、トカゲが掛け布団のなかにもぐり込めないようにした。

母さんが庭の戸口に立っていたら、蛇が足の上を這っていった。


お気に入りを作ってはいけない。


わたしは、どんな場所にいても居心地よくなれるように、やりくりすることに慣れている。

そのためには、椅子の上に青い布を広げるだけでいい。

これは海だ。

わたしのベッドの横には、いつも海がある。

ベッドから降りさえすれば、もう泳げる。

わたしの海では、泳ぐために泳ぎをマスターする必要はない。

夜、わたしは海を、母さんの花柄のガウンで覆う。おしっこに行くとき、サメにつかまらないように。

いつか、わたしたちは大きくて豪華な家を持つだろう。リビングルームにプールがあって、ソフィア・ローレンがうちに出入りするのだ。

わたしはタンスでいっぱいの部屋がほしい。そこに洋服や持ち物を全部しまえるように。父さんは、馬が描かれた本物の油絵を集めている。母さんは高価な陶磁器の食器を集めている。わたしたちはその食器を一度も使わない。出したりしまったりするうちに、古くなって壊れてしまうから。

わたしたちの持ち物は、大きなスーツケースに、たくさんの新聞紙と一緒に入っている。

わたしたちは大きな家のために、行く先々できれいなものを集める。

おばさんは、恋人が歳の市の射的でとってきてくれたぬいぐるみを集めている。

2

母さんの髪の毛は鋼鉄でできている。

母さんは丸天井から髪の毛でぶら下がり、ボールや輪っかや松明《たいまつ》を使ってお手玉をする。わたしも大きくなってスマートになったら、髪の毛でぶら下がらなくちゃいけない。髪の毛をとかすときには気をつける必要がある。母さんは、髪は女の持ち物で一番大切なんだよ、と言う。

父さんは、一番大切なのは尻だ、と言う。

わたしは、お尻がサーカスのテントのように大きい女の人を想像してみる。でもそれでは、ぶら下がることはできない。

わたしは髪の毛でぶら下がりたくない、やりたくない。

スープ用の鶏の羽みたいに、髪の毛を一束、頭からむしり取る。

髪の毛のない女には男は見つからない、と母さんは言う。

男なんていらない。姉さんみたいになりたい。姉さんは勇敢で、いつも問題を起こしている。

姉さんは、父さんだけの娘だ。

姉さんは何でも食べる。くる病でシラミだらけだったときに、母さんが姉さんの命を救ったのだ。

よその人だけれど、わたしはほんとうの姉のように姉さんが好きだ。姉さんの母親は、父さんの義理の娘だ。その義理の娘と母親、つまり姉さんの祖母で父さんの前の妻は、病院で暮らしている。頭がおかしくなってしまったからだ。

姉さんも頭がおかしい、と母さんは言う。父さんが、姉さんを女として愛しているからだ。

わたしも頭がおかしくならないように、気をつけなくてはいけない。だから母さんは、どこにでもわたしを連れていく。

父さんはどっちみち、姉さんだけがほしいのだ。

姉さんは、何でもわたしより上手だ。わたしより一つか二つ年上なだけだけれど、もう膝が平たく潰れている。父さんが、トラクターで姉さんの脚を轢《ひ》いたのだ。姉さんに男ができないように。ずっと父さんのそばにいるように。

ちゃんと怪我をするまでは、わたしもサーカスのメンバーになれないだろう。でもそうはならないのは、母さんがいつも止めようとするから。母さんを気絶させずに綱渡りのロープに上がることさえできないだろう。

母さんは誰かがそばで急に笑っただけ、というようなときでさえ、もうすぐ恐ろしいことが起こるかのようなふりをする。特に、女の人が笑ったときには。

女たちはやきもち焼きで計算高いし、頭のなかで悪巧みをしているからね、と母さんは言う。

わたしは生まれる前はただの誰かだった。

生まれる前、わたしは八か月間逆立ちした綱渡り芸人だった。わたしは母さんのなかにいて、母さんは高い綱の上で前後開脚をした。わたしは下を見たり、綱に体を押しつけたりした。

一度、母さんは前後開脚から体を起こすことができなくて、わたしはほとんど外に落っこちるところだった。

それからまもなくして、わたしは生まれた。

生まれたとき、わたしはとてもきれいだったそうだ。母さんは、誰かがわたしを盗んで、よその子どもを揺りかごに入れるのではないか、と恐れた。

生まれたとき、わたしの頭には毛がなかった。

沐浴をさせてから、母さんは黒いペンでわたしに太い眉毛を描いた。

おばさんは、わたしの指が全部揃っているか数えた。産婆さんは、わたしの曲がった脚を包帯で縛った。

父さんはその場にいなかった。

母さんは外国出身なので、産婆さんがするようにわたしに洗礼を授けた。

おばさんは、わたしが有名になるように、セカンドネームとしてある映画スターの名前をくれた。

でもソフィア・ローレンという名前になったわけではない。

わたしは一日中、夜になるのを待っている。もし母さんが丸天井から墜落しなければ、出番が終わったあとで一緒にチキンスープを食べるのだ。

母さんの脚は長くて細い。まっすぐな黒髪で、前髪を垂らしているので、写真で見ると日本人みたいに見える。わたしたちは似ていない。

わたしは父さん似だ。

あんなの父さんじゃないよ、あの悪党、と母さんはときどき腹を立てて言う。あんな人、いらないよ！

父さんは、どうして父さんじゃないんだろうか？

ときどき母さんは男たちに対して、わたしの姉のふりをする。白目を剝き出し、まるで急に蜂蜜を口に入れたように、言葉を長く伸ばしながらしゃべる。でもほんとうは蜂蜜なんか好きじゃなくて、一番好きなのは塩とバターをつけた黒パンだ。そして白ワインを飲む。わたしが綿あめを食べるのと同じくらい、たくさん白ワインを飲む。もしそんなことはせずに貯金すれば、鶏のいる大きな家が買えるだろう。

わたしの姉のふりをするとき、母さんは急に別人のような匂いになる。そうなると、もうわたしには触ってほしくない。ホテルでも、床の上に寝てもらう。母さんと一緒のベッドには寝たくないのだ。

母さんは髪の毛でぶら下がるから、他の人とは違う。そのせいで頭が長くなり、脳みそも長くなるのだ。

故郷では、夢のなかでさえ自由に考えられない。もし声に出して自分の意見を言い、スパイに聞かれたりしたら、シベリアに送られる。

スパイたちには、壁のあいだに秘密の通路があるのだ。

よその人も、わたしたちに害を加えようとする。

だから、一人でキャンピングカーを出てはいけない。

よその子どもたちと遊んでもいけない。

母さんは誰も信用しない。

わたしもそれを覚えておかなくてはいけない。

お腹に赤ちゃんができる前、女の人は喉が渇いてたくさんの水を飲む。それが子どもになるのだ。

その子どもが合図をすると、母親の体の下の方はすべて閉じる。子どもがお腹から落っこちないように。

お腹のなかは、家のなかと同じだ。ベッドがあったり、お湯の入ったお風呂があったりする。

子どもは、母さんがお腹に送るものを食べる。

母さんにできることは何でも、子どもにもできる。ただ、赤ちゃんを産むことはできない。

男の人がいないのに子どもを作ることは禁止されているし、自分が生まれる前に子どもを作ることはできない。

母さんのお腹のなかには、結婚相手になる男はいない。もし男がいたとしたら、それは親類だ。親類とは結婚できない。もし結婚したら、脚のくっついた子どもが生まれてしまう。そうしたら、その子の両親が親類同士で、結婚していないということがわかってしまうのだ。

でも、もしかしたら外国ではそうじゃないのかもしれない。
もし母さんが泣くと、お腹のなかが洪水になる。子どもも一緒に泣くからだ。

子どもは父さんよりも母さんのものだ。だって、母さんなんだから。

姉さんは男みたいにかっこいい。どんな子どもとでも殴り合う。姉さんはロマだ。

わたしもロマになりたい。

母さんが髪の毛だけでサーカス小屋の丸天井からぶら下がっているとき、姉さんはわたしを安心させるために、**おかゆのなかで煮えている子どものメルヒェン**を話してくれる。その子どもがどんなふうに煮えているか、どれほど苦しいかを想像すれば、母さんが墜落するかもしれないってずっと考えなくてもすむでしょ、と姉さんは言う。

でも、その話は役に立たない。わたしはいつも、母さんが死ぬことを考えてしまう。母さんが死んでもびっくりしないように。松明の火が髪に燃え移って、母さんが燃えながら床に落ちる姿を思い浮かべる。母さんの上に屈み込むと、その顔は灰になって崩れてしまうのだ。

わたしは叫んだりしない。
わたしは自分の口を投げ捨てた。

歯が抜ける夢を見たら、誰かが死ぬということだ。

サーカスのテントを片づけるやり方は、どこでも同じだ。まるで大きなお葬式みたい。片づけるのはいつも夜、町での最後の出しものが終わったあと。サーカスのフェンスを取りのけると、ときどき知らない人たちがキャンピングカーのところまで来て、窓ガラスに顔を押しつける。わたしは市場で売られている魚みたいな気分だ。キャンピングカーと動物の檻は、点滅する明かりをつけて、お葬式の行列みたいに駅まで運ばれていく。そして、列車に積み込まれる。わたしのすべてが分解されて、風が体のなかを吹き抜けていく。

できることなら、外の人たちと同じでいたい。外ではみんな字が読めて、いろんなことを知っている。その人たちは白い小麦粉でできた魂を持っている。

できることなら、わたしは死んでいたい。そうすればみんなはわたしのお葬式で泣いて、自分を責めるだろう。

悲しいと、年をとる。

わたしは外国の子どもたちより年上だ。

ルーマニアでは、子どもたちは生まれたときから年をとっていた。母さんのお腹にいるときから貧乏で、両親の心配ごとを聞かされていたから。

ここの生活は天国みたい。でも、だからといってわたしが若くなるわけではない。

故郷では、父さんと母さんは国立サーカスにいた。とても有名だったのだ。

独裁者が、ルーマニアを鉄条網で囲った。

父さんがサーカスの金庫からお金を盗み、父さんと母さんとおばさんと姉さんとわたしは、飛行機で外国に逃げた。母さんは盗んだお金を持って**ホテル・インターナショナル**へ行き、色目を使ってドルを買った。

死んだ人は生きてる人よりいい暮らしをしているよ。天国では旅行にパスポートは必要ないからね、と母さんは言う。

おばさんは、夫をルーマニアに置いてきた。夫の話はほとんどしない。

母さんはその分、たくさんのきょうだいの話をする。話しながら泣き、自分の頭を叩く。それはまるで、バレエのように見える。

おばさんは泣かない。おばさんは母さんより年上だ。

おばさんは、母さんの影みたいだ。

でも、おばさんは景色の一部みたいに、どの写真でも様子が違っている。おばさんはいつも、花やボトルや皿やテディーベアやラジオなど、自分の近くにあるものと一緒に写真に写る。

父さんと一緒にサーカスに出るときには、おばさんは男の服を着て口髭をつける。ときにはけばけばしい化粧をして、眉毛まで届くつけまつげを貼っている。そして、胸を膨らませるために、ブラジャーに綿を入れる。

おばさんはいつも違う男からプレゼントをもらっている。

わたしたちがホテルの部屋に泊まるとき、おばさんはときおり、誰かをバスルームに連れ込んで夜を過ごす。

でも、おばさんがそんなことをしても、別に気にならない。

わたしたちは正教会の信者なんだから、善人なんだよ、と母さんは言う。

正教会って何？

神さまを信じるとそうなるんだよ、と母さんは言う。

正教会の信者たちはよく歌い、よく食べ、よく祈る。でもわたしは正教会に行ったことがない。

おばさんはいつも、ザラメをまぶした「死者のためのケーキ」を作り、マーブルチョコで飾りつける。でも近くにケーキを捧げるための正教会がないので、わたしたちはそれを自分たちで食べる。

ケーキを食べるとき、母さんは泣いて、家族のなかの死人たちを数え上げる。

おばさんはわたしに目配せする。あんたの母さんは、オペラ歌手になるべきだったね。


独裁者は、神さまを禁止した。


でも外国では、神さまを信じることができる。ここには正教会はほとんどないけれど。

わたしは毎晩、母さんから習ったお祈りを唱える。

故郷では、子どもたちはお祈りすることも、神さまの絵を描くこともできない。絵に描くのはいつも、独裁者とその家族でなくちゃいけない。どの部屋にも独裁者の絵が掛かっている。すべての子どもが、彼の顔を覚えられるように。

独裁者の妻は、町の半分がいっぱいになるくらい靴を持ってるんだよ。家を下駄箱代わりにしてるんだ。

独裁者はもともと靴職人だった。学校の卒業証書はお金を出して買ったのだ。

あの人は読むことも書くこともできないのよ、と母さんは言う。家の壁よりも愚かなんだから。

でも壁は人殺しなんかしないからな、と父さんは言う。

血が心臓を求めるように、人間は幸せを求める。もし血が心臓に向かって流れなくなったら、人間は干上がってしまう、と父さんは言う。外国は心臓。わたしたちは血だ。

故郷にいるわたしたちの家族は？

3

わたしはとても清潔。

母さんは毎日、わたしが体を洗えるように、ガスコンロでお湯を沸かすことになっている。

これは、おばさんから受け継いだ習慣だ。

ルーマニアの女はとても気分屋だけど、清潔なんだよ、と母さんは言う。

でも母さんは、おばさんやわたしほど、体を洗うのが好きではない。母さんはお風呂に入る方が好きだ。でも、泊まる場所にはたいていお風呂がない。

毎日体を濡らすと、隙間風に当たって頭がおかしくなってしまうよ、と母さんは言う。

母さんはとても気をつけなくてはいけない。出番の前に、いつも髪の毛を濡らさなくちゃいけないからだ。

髪の毛は濡らすと丈夫になる。乾いた髪の毛はちぎれてしまう。でも、それは誰にも知られてはいけない。

母さんの出番の前、わたしは静かにするように言われる。

出しものの一時間前から、準備を始めなくてはいけないのだ。

一　お湯を沸かす。母さんは雨水でしか、髪を洗わない。わたしたちはいつも、雨水をたくさん溜めている。
二　母さんが洗面器の上に屈み、おばさんが母さんの頭にお湯をかける。
三　母さんは頭を下げたまま髪の毛をとかし、均等に分ける。髪が不均等に分けられていると、束で抜けてしまう。でも、そんなことは絶対に起こってはいけない！
四　父さんがその髪の毛を湿った革で包み、おばさんが円いゴムバンドで留めあわせる。
五　母さんは立ち上がる。

そのあとの準備は、父さんとおばさんが交代でする。

でもわたしは、これ以上話してはいけない。

姉さんは外で、わたしたちを覗こうとして誰かがキャンピングカーに近づいたりしないように、見張っている。

そしてわたしは、母さんがわたしのことで心配しないように、そばで静かにしていなくてはいけない。

心配は髪の毛を弱らせる。

出しもののあと、髪の毛はまたゆっくりとほどかれて、頭皮にはビタミン剤が擦りこまれる。それをするのは、わたしだ。

最後に母さんは頭を下げて、髪の毛をとかす。

髪をとかすのには、いつもスイス製の特別な櫛を使う。


それから母さんは、抜けた髪の毛を数える。

これは大切なこと。

みんなは、出しものがどうだったか、母さんが充分ビタミンをもらったか、肥りすぎていないか、教えあう。


わたしたちは抜けた髪の毛の数で、危険を察知できる。

母さんの髪の毛がどれくらい長いのか、誰にも知らせてはいけない。さもないと、誰かがこの出しものを真似るだろう。そうしたら仕事がなくなって、故郷に帰らなくてはいけない。だから母さんはいつもスカーフをするか、カツラをかぶっている。

わたしたちはサーカスのテントではなく、森のなかで練習する。

母さんは髪の毛で一本の木にぶら下がる。おばさんは母さんに棍棒を投げて、つま先立ちでクルクル回る。ときには姉さんが父さんの頭の上に片足で立ち、母さんとお手玉をする。わたしは地面で、前後開脚を練習する。体が柔らかいので、蛇女の役で舞台に出られるかもしれない。いつかは自分だけの出しものがほしい。でも、母さんはそれを嫌がっている。わたしたちはいつも一緒に舞台に出なくてはいけない。サーカスの支配人が、わたしたちみんなの旅費とホテル代を払ってくれるように。

わたしたちが飼っている犬のボクシーのためにも、支配人は旅費を払わなくてはいけない。ボクシーは父さんと一緒に舞台に出る。キラキラする衣装を着けて、舞台でタバコを吸い、シリンダーにおしっこをする。父さんはボクシーに歌を教えようとしている。

ファンファーレが演奏されるサーカスの最後のパレードは、わたしの盲腸の手術と同じくらいひどい。どの国でも、最後のパレードは同じだ。芸人たちが全員、一列に並んだり円になったりして手を振る。恥ずかしいことだ！

支配人がわたしにも最後に出ろ、と言わなければ、わたしはキャンピングカーのなかに閉じこもって、太鼓の音を聞かなくてすむように、ラジオのボリュームを大きくする。

父さんは椅子のように小さい。

父さんはアメリカの大統領と同じくらい有名だ。ピエロで、曲芸師《アクロバット》で、悪党なのだ。舞台に立つ前、父さんはいつもサーカスのバーのところにいて、大事なお客さんと話をし、商売をする。

テレビの画面には、わたしたちの写真が貼ってある。

それから父さんは、テレビの写真を撮る。

これがわたしたちです、と父さんは大事なお客さんに言う。わたしたちはよくテレビに出ていたんですよ！

父さんは、ときには他の男たちと殴り合いをする。

あるいは母さんを殴って、衣装をカミソリで切り刻み、きょうはおまえを丸天井から落としてやる！　と言う。

父さんはおじいちゃんくらい年をとっている。でも、父さんがそれに気づいているとは思えない。

故郷を逃げ出してから、父さんは映画監督にもなった。いつもカメラを持ち歩いては、そのあたりを撮影している。そのために、わたしたちの財産をほとんど使ってしまう。

わたしたちのことはもう撮影したし、わたしの人形のことも撮った。

あるとき母さんは、嫉妬のあまり父さんを撃ち殺す役をやらされた。両手を顔に打ちつけて、**助けて！　いや！　助けて！**　と叫ばなくてはいけなかった。

その場面はとてもよくできていたのだけれど、それでも父さんはかんかんに怒った。母さんが役をやりながら笑っていたからだ。

アフリカでは、父さんはわざわざ原始林に住む裸の人たちを雇って、わたしを誘拐する役をやらせた。

他の映画では、父さんはゴムの蛇をわたしの胸の上に置いた。わたしが叫び、父さんが藪から現れ、蛇を殺してわたしを救った。

あるとき、父さんは走っている列車の荷物棚にシーツを結びつけ、それにつかまって窓からぶら下がろうとした。母さんがその場面を撮影するのを断って、殴り合いになった。父さんは母さんに向かっていった。母さんは叫び声をあげた。

わたしは父さんに殴りかかった。父さんは振り返った。

パチン！

わたしの顔はパン生地のように膨れあがった。母さんはわたしを、近くの町の医者に連れていかなくてはいけなかった。

父さんはよく殴り合いをした。父さんが育った田舎では、それは普通のことだ。

父さんの映画で、父さんはときどき自分の母語をしゃべっている。母さんとわたしは、たいてい台詞のない役だ。もしくは、**助けて！** と叫ぶ役だ。

アフリカで、わたしたちは一年間、列車のなかに住んでいた。

わたしはおばさんと姉さんと一緒に一つの客室で暮らした。

おばさんはそこらじゅうに、ソフィア・ローレンや他のきれいな女の人や男の人の写真を貼った。

みんな、とても有名な人たちだ。

わたしもいつか有名になる。


外国なら、独裁者の党に入らなくても、有名になれる。


わたしたちは昼も夜も、エルヴィス・プレスリーの歌を聞いた。

プレスリーの写真も、そこらじゅうに貼ってあった。

おばさんはプレスリーが大好きだった。プレスリーが歌うのを聞くと、おばさんの頬は赤くなった。

アフリカも外国なのだけれど、そこにはルーマニアと同じように、貧しい人たちがいた。

その人たちは黒人だった。

アフリカでは、貧しい人たちはサーカスで、離れた席に座らなくてはいけない。それなのに入場料は同じだった。

貧しい人たちは、わたしたちのために列車やトイレを掃除しなくてはいけない。水を運んだり、サーカスのテントを建てたり、解体したりしなくてはいけない。

サーカスの支配人は、貧しい人たちが何かしたからといってお金やプレゼントを渡すことを禁止した。

貧しい人たちと話すことも禁止されていた。

それでも誰かが話をしてしまったとき、何人もの貧しい人たちがぼこぼこに殴られてしまった。

貧しい人たちは逆らわなかった。

誰も止めに入らなかった。

支配人はくりかえした。プレゼントはよくない！


わたしたちは殴られなかった。

それで、わたしは気づいた。ここでは故郷よりも、親切に扱われる。

それなのに、母さんはその直後、病院に運ばれた。胆のうに石があったのだ。

父さんは、わたしたちとは違う母語を話す。ルーマニアでも、父さんはよそ者だったのだ。

あの人は他の民族なのよ、と母さんは言う。

でも外国では、わたしたちは互いによそ者というわけではない。父さんは何か言うたびに、違う言葉をしゃべっているけれど。たぶん、自分でもときどき、何を言ってるのか、わからなくなっていると思う。

父さんの母語は、ピーマンと一緒にクリームで煮たベーコンみたいに響く。わたしはその響きが好きだけれど、教えてほしくはない。

わたしたちと話したいなら、わたしたちの言葉を話すべきよ、と母さんは言う。

父さんはルーマニアの田舎の出身だ。わたしたちは首都の出身だから、父さんは腹が立つのだろうと思う。

おばさんは父さんを、**あの年寄り**と呼んでいる。

いや、父さんは悲しそうではない。だって、道化師なんだから。

4

誰かがわたしに名前を訊いたら、「母さんに訊いてください」と言うことになっている。もしわたしたちが誰かわかったら、連行されて国に送り返されるだろう。両親とおばさんは殺され、姉さんとわたしは飢え死にするだろう。そして、みんながわたしたちを笑いものにするだろう。

逃亡後、両親に対してルーマニアでは死刑が宣告されたのだ。

ホテルで、父さんはドアの前に棚を押していき、その棚の前にソファを置き、ソファの前にベッドを置く。ときどき、わたしたちはみんなで一つのベッドに寝る。もしバルコニーに出るドアがあったら、そこにもバリケードを作らなくちゃいけないけど、ありがたいことにどのホテルにもバルコニーがあるわけではない！

わたしの人形たちも、一人で道路に出ることは許してもらえない。

ここでこんなに隠れなくちゃいけないなら、どうしてわざわざ故郷を出てきたのかわからない。

わたしたちは二度と戻れない。それは禁止されているから。

おばあちゃんは故郷で、苦しみと憧れのせいで死んだ。

こっちの方が何もかもずっとましだよ、と母さんは言って泣く。わたしは、また戻りたい、ということしか考えられない。故郷に残してきた人たちは、わたしたちがお金持ちになったらこちらに呼び寄せてほしいと願っているだろう。あの人たちは、わたしたちみんなを愛している。

わたしたちの国がある地域から来た人に会うと、母さんはいつも声を小さくする。あの人たちはみんなスパイだよ。スパイでないのは逃亡してきた人だけだよ、と母さんは言う。

その人たちと、母さんはペトルおじさんの話をする。わたしの兄は、ピカソのように偉大な芸術家なんですよ。兄はゲイで、潔白で、天才です！

母さんが最初にやりたいことは、お金を払ってペトルおじさんを刑務所から出すことだ。ここでは何でも買うことができる、と父さんが言う。俺たちはそのうちにすごい金持ちになって、みんなから恐れられるだろう。

わたしたちが逃亡してから、ペトルおじさんは刑務所で拷問されている。そしてニクおじさんは、自分の家の玄関前で殴り殺されてしまった。

それを聞いた母さんは、ルーマニアの嘆きの歌みたいに叫び声をあげた。

父さんがホテルの廊下の窓ガラスを全部割ってしまって警察が来たときに、母さんはやっと叫ぶのをやめた。

母さんは、わたしたちの人生の話を本に書いてくれる人を見つけるだろう。

その本は、**『鉄の扉と自由への扉』**というタイトルになるだろう。

わたしの人形たちはとっても瘦せてしまった。この子たちは外国語がわからないのだ。

父さんは、人間としゃべるみたいに、自分のフロックコートと話す。

俺のフロックコートほど、俺のことをわかってる奴はいない、と父さんは言う。フロックコートは父さんのお守りだ。父さんは母さんと知り合う前から、それを着てサーカスに出ていた。父さんはけっしてフロックコートを手放さないだろう。独裁者やお偉方が、父さんのフロックコート姿を見たのだ。父さんは、自分が死んだらこのフロックコートをサーカス博物館に寄付したいと思っている。偉大な「タンダリカ」のことを、将来も思い出してもらえるように（タンダリカとは、ルーマニア出身の喜劇役者、アレクサンドル・ヴェテラニー（一九二六〜九五）の芸名。アレクサンドル・ヴェテラニーはアルゼンチンで亡くなっている）。

このフロックコートは世界中を見たんだ、と父さんは言う。だから、たくさん話すことがあるんだ。

どんなことを、とわたしは尋ねる。

父さんは新聞紙を燃やして、灰で太い眉毛と口髭を描き、フロックコートを着て暗い顔をし、話し始めた。

生まれつきの外国人が靴をなくしたんだ。その人は家に靴を置きっぱなしにして、その家を川に投げ込んだ。

それとも家が、自分から川に飛び込んだのかな？

生まれつきの外国人は、川から川へと歩いた。

あるとき、その人は首に札《ふだ》をつけた老人が水のなかにいるのを見つけた。そこには、**ここが天国**と書かれていた。

外国人は尋ねた。なんだって、天国？

老人は肩をすくめて、札を指さした。

その家はまた現れたが、それはまったく別の場所だった。

それに、たぶん別の家だったんだろう。家は外国人の靴のことを覚えていなかったから。

あとになって、家はドアをなくした。


フロックコートがこの話を考え出したの？　わたしは尋ねた。

いや、これは俺たちの話なんだ、と父さんは言った。

母さんの場合、自分たちについての話は毎日違っている。

わたしたちは正教会の信者、わたしたちはユダヤ人、わたしたちは国際的！　というように。

おじいちゃんはサーカス小屋を持っていた。商人だった。船長だった。国から国へと旅をした。けっして村を離れなかった。蒸気機関車の運転士だった。おじいちゃんはギリシャ人で、ルーマニア人で、農民で、トルコ人で、ユダヤ人で、貴族で、ロマで、正教会の信者だった。

母さんは家族を養うために、子どものときからサーカスで演技しているのだと言った。別のときには、両親の意思に背いてサーカスと一緒に、そして父さんと一緒に夜逃げしたのだと言った。

そのせいでおばあちゃんは死んでしまった。でも別の話では、わたしたちが故郷を捨てたことで死んだことになっている。

どの話でも、おじいちゃんはもう死んでいる。

医者たちがおじいちゃんのお腹を開けて、おじいちゃんはそのとき肺に流れ込んだ空気のせいで死んだのだ。

おまえのじいさんは癌で死んだんだよ、と父さんは言う。

母さんは涙を流す。誰があんたなんかに訊いた？　そんなによく知ってるなんて、あの人はあんたの父親だったとでも言うの？

あの人はいい人だった！　どうして癌なんかで死ぬなんてことがあるかしら。

どの話でも、おばあちゃんは天使ということになっている。
そして母さんは、いつもおばあちゃんのお気に入りの子どもだ。

髪の毛でぶら下がっているとき、母さんは空中を歩く。

おばさんは毎日、カップに残ったコーヒーの澱《おり》の形を見て、わたしの未来を占う。あんたは有名になって幸せになるよ、とおばさんは言う。すごく金持ちになって、たくさんの男が寄ってきて、よりどりみどりだよ。子どもも、とってもたくさん生まれる。

おばさんは、死んだ人たちと話をする。よその町で、わたしたちはおばさんの恋人と墓地に行き、死人たちを眺める。母さんとは肉市場に行き、おばさんとは墓地に行く。死体安置所で、おばさんは死者の親族たちに死因を尋ねる。彼らと握手をし、お悔やみを言う。

おばさんは、すでにたくさんの死因を知っている。どの人間も、自分なりの死因を持っている。よその人間がお葬式の前に訪問すると、死者は幸せになるのよ、とおばさんは言う。

わたしたちは生きてる時間よりも死んでる時間の方がずっと長いんだからね。だから、死者は生きてる人より幸運が必要なのさ。

死んでるってことは、眠ってるようなものだ。

でも体をベッドに横たえるのではなく、地面のなかに横たえる。

そのあとで神さまに向かって、どうして生きているよりも死んでいたいのかを説明しなくてはいけない。

もし神さまを納得させられないと、神さまはおまえの記憶を消してしまう。そしておまえは、また最初から人生を始めなくてはいけない。

などなど。

などなど。

などなど。

などなど。

などなど。

エトセトラ。

わたしは学校には行ってないけど、外国語が話せるし、たくさんのお話を知っている。それは、学校に行く以上のことだ。母さんは、あんたは学校に行く必要なんかないよ、と言う。一番大切なことを、わたしはもう知っている。

一番大切なこと

他の人たちに気をつけること。

からかわれないために、他の人たちには真実を話さない。

人々は、わたしが他の人と違うことに気づかない。わたしはいつも、自分たちについての新しいお話を考え出す。それによって、わたしたちが何者でもなく、何ひとつ経験していない、と彼らが思わないように。

わたしは成人したら、映画スターになって、母さんにきれいな家といくつかのレストランを買ってあげる。もし故郷の国境が開かれて、人々が外国に逃げられるようになったら、わたしはその人たちにおいしいルーマニア料理を食べさせるだろう。

母さんは将来、食堂の店主になりたいのだ。

わたしにはもう一人代母のおばさんがいて、その人はドイツで食堂をやっている。でも子どもはいない。とても金持ちの男と結婚したから。

金持ちになればなるほど、子どもをほしがらないものなんだよ、と母さんは言う。

わたしも将来、金持ちの男と結婚する。

それか、二人の男と。そうしたら一人ぼっちにならないだろう。結婚式のとき、わたしはテーブルの下で、男たちに触るだろう。それは禁止されているけれど。みんなはケーキを食べて、羨ましがるだろう。わたしの夫たちはわたしのことを愛して、ぺろぺろなめるだろう。

ルーマニアには、独裁者とその息子以外に金持ちはいない。両親がそこから逃げたのはいいことだった。だって、わたしは独裁者とは結婚しないから。

わたしたちは難民パスを持っている。

国境ではいつも、ちゃんとしたパスポートを持っている人とは違った扱いをされる。警察はわたしたちを車から降ろし、わたしたちの書類を持って姿を消す。

母さんはいつも、警官に贈りものをする。チョコレートとか、タバコとか、コニャックとか。

そして色目を使う。

それでも警察が**セクリターテ**（ルーマニア秘密警察）に電話するんじゃないかと、わたしたちはいつも不安だ。

わたしたちの国王も、外国に逃げた。ルーマニアでは、もう金持ちでいられなくなったから。

金持ちってどういうことだろう？　故郷にいる親類たちはお湯を沸かすことさえできない。水がないし、ガスもないからだ。

でも、いとこたちにはみんな、たくさんの子どもがいる。

ルーマニアの女たちは、子どもをたくさん産まなくてはならない。

わたしたちはルーマニアの親類に、定期的にコーヒーや絹の靴下を送る。でも、彼らはいつもドルをほしがる。

みんな、わたしたちがすごく金持ちだと思っているのだ。何を勘違いしてるんだろう！　そんなに簡単にいくわけがないのに！　ここだって、お金は稼がなくてはいけないし、それをどこに置くか、よく注意しなくてはいけない。父さんは、お金が誰にも見つからないように、毎日違う場所に隠している。

母さんはお金をブーツのなかに入れている。お金がたくさんあったら、わたしは将来、中国人の召使いを買いたい。その人はわたしが悪い夢を見ないように、ずっと起きていてくれるのだ。チャンチャンという名前で、わたしに気を配ってくれる。わたしはもう不安ではなくなるだろう。みんなはそれを知って驚くだろう。

わたしはとても運がいい。何と言っても、ボクシーを食べなくてすむほどには、うちにお金があるから。

ルーマニアで犬を飼っている人は、その犬を飢え死にさせるか、自分が飢え死にせずにすむように、犬の肉でスープを作る。

ルーマニアで親類が何を食べなくちゃいけないか、わたしは知りたくない！

親類をあそこに置いてきてしまったことを恥ずかしく思う。

みんな、わたしのことを知っていて、大事にしてくれるのに。

でもわたしは、親類の名前をいつも取り違える。

5

サーカスでは、死ぬときも人々はほほえんでいる。

わたしはほほえまないだろう。

調教師のリディア・ギガは、赤ん坊のときから哺乳瓶で育てたライオンに八つ裂きにされた。

鎖男の場合は、ロープが燃えてちぎれ、頭から墜落してしまった。


人は墜落の最中に、ショックのあまり死ぬのだろうか?


姉さんと父さんも、落下したことがある。姉さんは、父さんが額の上でバランスをとっていた棒から落ちた。父さんは、空中の綱から落ちた。

でも二人とも死なずに、サーカスを続けた。

それなのにどうして母さんは、髪の毛でぶら下がる仕事をしながら、飛行機に乗るのを怖がるんだろう?

飛行機が飛び立つ前、母さんはわざとお酒を飲み、十字を切って罪の許しを請う。そして、わたしたちは墜落するよ、と予告する。だって飛行機は、重くて飛べないものなんだからね。

父さんもお酒を飲む。お酒を飲まずに綱の上に上がることはない。しらふだと、バランスがとれないのだ。

疑いなく、神さまはいる。だって、ほとんどすべての芸人が、ルーマニア人だろうと外国人だろうと、舞台に出る前には十字を切るのだから。もし神さまがいなければ、これには何の意味がある？

わたしは映画のなかだけで死ぬだろう。映画のなかで死んだら、ライトが消え、そのあとでまた生き返る。わたしが完全に死ぬことはない！　わたしは百年以上生きることになっても我慢できる。

わたしがそれについて話すと、母さんの目は暗くなる。

死ぬことなんか話すと不幸が起こるよ！　と母さんは言う。

でも、それなら何が不幸を起こさないのだろう？

わたしたちが話すことはほとんど何でも、不幸をもたらす。

母さんはよく泣いて、こう言う。「わたしがいることを喜びなさい。将来、一人で生きるのがどんなに辛いか気づくだろうから」

それについては、将来を待つ必要はない。

母さんを怒らせることはできない。怒らせると、母さんは墜落する。母さんが死んでしまったら、わたしも生きていたくない。

それは、きょうにでも起こりうることだ。

母さんが舞台に出る前の不安を短くするために、わたしは昼まで眠り続ける。だって、朝早く起きてしまったら、出しものが始まるまで長い時間がかかるのだ。

上にぶら下がっているあいだは、母さんはもうわたしの母さんではない。わたしは耳のなかと口のなかにパンを詰め込む。母さんが落ちるときの音を聞きたくないから。わたしは泣かない癖をつけた。わたしが泣くと、母さんも不安になって泣き出すから。そうしたら、慰めなくちゃいけない。でも、母さんは慰められようとしない。わたしは元気だから大丈夫、と断言しないと、母さんはずっと泣き続ける。

一番すてきなこと

出しもののあとで、一緒にご飯を食べること。

母さんがベッドにいて、ぐっすり眠っていること。

母さんが夜明けに静かに起きて、わたしに毛布を掛け、料理を始めること。

鶏の羽が焦げる匂いは、お馴染みのもの。

それからわたしは眠り込む。

母さんがずっと眠り続けたら、一番すてきなのに。

わたしは姉さんに、神さまはどうして、子どもがおかゆのなかで煮えてしまうようなことをお許しになるのか、訊いてみた。

姉さんは肩をすくめた。

でもくりかえし訊いているうちにやさしくなって、「いつかそのわけを話してあげるよ」と言った。

姉さんが話してくれなくても、わたしはその子どもがなぜおかゆのなかで煮えてしまったか、知っている。

その子は何か怖いことがあって、トウモロコシの袋のなかに隠れていた。そして、そのまま眠り込んでしまった。おばあさんが来て、子どものためにおかゆを作ろうと、トウモロコシの粉をお湯のなかに入れた。子どもが目を覚ましたのは、自分が煮えているときだった。

もしくは

おばあさんは料理をしていて、子どもに「おかゆに気をつけて、このスプーンでかき回しておくれ。わたしは薪をとってくるから」と言った。

おばあさんが外に行ってしまうと、おかゆが子どもに話しかけた。「一人ぼっちで寂しいよ。一緒に遊ばない？」

そこで、子どもは鍋のなかに入った。

もしくは

子どもが死んだとき、おかゆを煮ていたのは神さまだった。神さまは料理人で、地上で暮らし、死人を食べていた。大きな歯で、どんな棺《ひつぎ》でも嚙み砕けるのだった。

わたしが一番好きなのは、食事をする人の話か、煮られてしまう人の話。

新しい町に行くと、わたしはいつもキャンピングカーの前の地面に穴を掘って、そのなかに手を突っ込む。それから頭を突っ込んで、地面の下の神さまがどんなふうに息をしたり、ものを噛んだりしているかを聞く。ときには神さまのところまで掘り進んでいきたいと思う。神さまに噛みつかれるかもしれない、と心配だけれど。

神さまはいつもとてもお腹を空かしている。

神さまはわたしのレモネードも飲む。わたしはストローを地面に突き刺して、神さまに飲ませてあげる。神さまが母さんを守ってくれるように。それから、母さんが作ったおいしい料理も、少し穴のなかに入れてあげる。

みんなは神さまを怖がっているから、天国に行くのだ。天国には、空を飛ぶことのできる芸人のための、特別な部屋があるのだ。

イエス・キリストも芸人だ。

2

1

姉さんとわたしは突然、山のなかの建物に連れていかれた。

荷物をまとめるとき、母さんはネジ巻き人形のように、わたしたちを抱きしめてキスした。スーツケースのなかに服を入れるとき、その服にもキスしていた。

すぐ迎えに行くからね、と母さんはくりかえした。

父さんは、わたしたちと別れたがらなかった。俺の娘たちに触れる奴は誰でも殺す！と悪態をつき、自分の顔を叩いた。

それから黙って、小さな白黒テレビの方を見た。父さんはそのテレビに、色付きのセロファンを貼っていた。

ニュースのアナウンサーの顔が、カッサータというシチリアのチーズケーキのようにカラフルに見えた。


国から脱出して以来、わたしたちの面倒を見、書類の手配をしてくれているシュナイダーさんが、母さんとわたしたちを迎えに来た。

その施設に医者はいるんですか、と母さんがしつこく尋ねた。子どもたちがそこから誘拐されたり、毒殺されたりしないと保証できますか？

両親はわたしたちを売り飛ばしたのかもしれない。ルーマニアではよくあることだ。

そして、おばさんはどこにいたのだろう？

車での移動には長い時間がかかった。

家に戻るために、道を覚えておこうとした。でも、頑張れば頑張るほど、どこも同じように見えてきてしまった。まるで誰かが風景を整理したみたいに。

木は葉っぱをしまっていた。母さんがわたしたちの服をしまったみたいに。

雪が降っていた。

車はくねくねと曲がった道を上っていった。

この車はもうすぐ谷に墜落するだろう。

それは山に囲まれた、大きな建物だった。

車を降りるやいなや、自分たちがどっちの方向から来たのか、もうわからなくなっていた。わたしたちが走った道は消えていた。

女の人がわたしたちを出迎えた。服の下に何人もの人がひそんでいるように見える人だった。

この人が先生です、とシュナイダーさんが言った。

ヒッツと申します、と先生が言った。

先生は木のベッドが四つある部屋にわたしたちを連れていった。ベッドの上の枕と掛け布団も雪のようだった。

わたしはこの部屋にスーツケースを置きたくなかった。

先生は窓を開け、庭の方を指さした。

夏になったらイチゴが摘めるよ、と先生は言った。

先生はベーコンのような匂いがし、まるで歌っているように聞こえる言葉をしゃべった。

姉さんはわたしよりもたくさん、その言葉がわかった。

夏になったら。

そしていまは冬だ。

ずっとここにいるんだな、とわたしは考え、泣き出した。

母さんはとてもきれいで、悲しそうだった。わたしたちはもう二度と会えないだろう。


母さんを、スーツケースに詰めてしまいたい。


ヒッツ先生はわたしたちを、食堂や談話室やキッチンに案内してくれた。すべてがきちんとして、片づいていた。消毒薬の匂いがした。こんなところに誰かが住んでるなんて、想像できない。

宿題は談話室でやるんですよ。そのあとは遊んでいいです、とヒッツ先生が言った。

母さんは写真がいっぱい入ったビニール袋を出して、ヒッツ先生にわたしたちのサーカスが大成功した話や、たくさん旅行した話をし始めた。母さんは暗い目をしながら、うちの子どもたちは世界中を見ていて、とても賢いんです、と言った。わたしたちは国際的な芸人です！　子どもたちにはたっぷり食べさせてやってください。一番いいものを。おわかりですか！　毎日電話して、いいものを食べたかどうか、子どもたちに訊きますからね。

母さんは穴が開くぐらいたくさん、わたしたちの頬にキスをした。

母さんとシュナイダーさんは、また車に乗り込んだ。

手を振る。

母さんはここで死ぬべきだ、とわたしは思った。そしたら庭の、わたしたちの窓の下に埋めてあげる。夏に摘むイチゴは、母さんの味がするだろう。

姉さんとわたしは、手をつないで玄関ドアの前に立っていた。横にはヒッツ先生がいた。先生の腕はゴムでできているに違いない。わたしたちが逃げようとしたら、腕を伸ばして捕まえるだろう。

一匹の虫がわたしのお腹をかじっていた。わたしの両脚は、もう食べられてしまった。

ここは子どもが入る施設だ、と姉さんが言った。

ここでは肥らなくちゃいけない。そうでないと山に押しつぶされる。そして自分を温めるために、何枚も皮膚を持っていなくちゃいけない。

わたしは自分の皮膚を地面に落とす。

女の子たちは上の階、男の子たちは下の階で暮らしている。赤ちゃんもいる。

わたしたちは夜になる前に、ベッドに入らなくてはいけない。

そして、まだ夜のうちに起きるのだ。

部屋を換気する。掛け布団と枕を窓敷居の上に置く。

それから、廊下にある大きな洗面台の前に並ぶ。自分の番になると、自分の名前が書かれた小さいタオルで顔を洗う。

どの子どもも、
小さいタオル　二枚
大きいタオル　二枚
布ナプキン　二枚　を持っている。

シーツや布団カバーには名前は書かれていない。

わたしたちは週に一度入浴し、髪を洗わなくてはいけない。

わたしたちの洋服には、靴下でさえも、名前が書いてある。裁縫の時間、わたしたちはそれぞれの服に、イニシャルの入った小さな布テープを縫いつけなければいけない。

顔を洗ったら、ベッドを整え、部屋を片づける。

それから朝食、そして学校に行く。学校へ行くには山道を通る。学校の向かいには農家がある。

姉さんは読み書きと計算を習う。

わたしのクラスでは歌を歌ったり、絵を描いたりする。

歌うと、いつも涙が出てくる。

楽しそうにするのは耐えられない。

歌のあと、わたしたちは動物の絵が描かれた一枚の紙をもらう。それに色を塗らなくてはいけない。それから、その動物が外国語で何という名前かを習う。


言葉が変わるたびに、同じ動物が別の名前になる。


午後、わたしたちは宿題をしなくてはならない。そのあと、建物のなかや庭で遊べる。

小さな男の子たちは女の子たちと一緒にいる。大きな男の子たちが来るのは、姉さんやわたしが芸を見せるときだけだ。

わたしたちは石でお手玉をする。

ゴム人形のような動きをする。

姉さんは逆立ちをし、わたしはブリッジや前後開脚をする。

わたしはセーターの下に綿を詰め込んで、おばさんのように胸を膨らませる。

そういうときも、男の子たちは寄ってくる。

姉さんはもう、ちゃんと胸が膨らんでいる。
下の方にも、ちょっと毛が生えている。

夕食の前に、子どもが二人、農家から牛乳を運んでこなくてはいけない。姉さんとわたしは一緒に行くことを許されない。

あなたたちは合体しているわけじゃないんだから、とヒッツ先生は言う。一人でいることも学ばなくちゃいけないのよ。

姉さんが一緒でなければ、建物から出たくない。わたしが牛乳を受け取っているあいだに、誰かが姉さんを連れていってしまうかもしれない。それとも、わたしが道に迷って、狼に食べられてしまうかもしれない。

夜、狼の吠え声が聞こえる。

わたしは閉ざされたドアの前に座って泣く。

ヒッツ先生は覗き穴からわたしに話しかける。

牛乳を取ってきたら、またドアを開けてあげる、とヒッツ先生は言う。もう一人の子は先に出かけたわ。あなたも急がないと。

農家に行く道で、わたしは一歩ごとに振り返る。最初の曲がり角で、施設の建物はもう見えなくなった。わたしの足の下で道路が延びていき、家々を遠ざける。わたしは戻ることも、農家に着くこともできないだろう。

姉さんと一緒でなくちゃ、外に出てはいけない、と母さんは言う。わたしが農家に行ったことを話すと、母さんは電話機に向かって怒鳴る。

そのあとヒッツ先生は、お母さんからこんなにしょっちゅう電話がかかってこない方がいいわね、と言う。あなたが混乱しちゃうから。

ヒッツ先生は、いまでは母さんが電話してくると、いつもそばにいる。

夕食のあと、わたしたちは皿を洗ったり、食堂の床を拭いたり、明日の朝食のためにテーブルの準備をしなくてはいけない。

夜、わたしたちは服を明日着るために椅子の上に置いておく。

時間は凍ってしまう。

一週間は平日と週末に分かれている。
水曜日になると、「もうじき週末だ」という声が聞こえてくる。
週末には親たちが、子どもを迎えに来る。そうなると、建物はほとんど静まりかえる。
赤ちゃんとわたしたちしかいないから。
うちの親は来ない。
ご両親は外国にいるのよ、とヒッツ先生は言う。
ここだって外国だよ、とわたしたちは言う。

外国はいくつあるのだろう?

週末、わたしたちはハイキングに行く。
ヒッツ先生が前を、わたしたちが後ろを歩く。
森のなかで木を集めて火をつけ、ソーセージを焼く。
この土地を見るために、高い塔に登る。
それか、泳ぎに行く。わたしは泳げないのに、水に飛び込まなくてはいけない。
もし母さんがこのことを知ったら!

週末、禁じられているけど、わたしは姉さんのベッドで寝る。夜中、わたしたちは赤ちゃんの部屋に忍び込み、赤ちゃんが泣くまでつねる。家のなかの静けさに耐えられないから。誰かが階段を上がってくるころ、わたしたちはまたベッドに戻っている。赤ちゃんたちが落ち着くまで、いつも時間がかかる。それは、いいことだ。ときには廊下に出て、何かに驚いて目が覚めちゃった、と言う。すると、ちょっとだけ台所に行って、特別に牛乳を一杯もらってもいいことになる。大人たちの部屋ではたいていテレビがついている。でもわたしたちは、大人の部屋にはいられない。

母さんはいまごろ髪の毛で天井からぶら下がっているだろう、とベッドのなかでわたしはずっと考えている。姉さんは、**おかゆのなかの子ども**の話をどんどん残酷にする。わたしもそれを手伝った。

その子どもは、鶏みたいな味がするのかな?
薄切りにされるのかな?
目玉がはじけたら、どうするの？

それから、わたしは泣く。

姉さんはわたしを抱きしめて、慰めてくれる。

母さんが死ぬ夢を見た。

母さんは、心臓の鼓動が聞こえる箱をわたしに残していった。

その子はおかゆのなかで煮えている。ほかの子どもたちに迷惑をかけたから。親がいない子どもたちを捕まえて木の幹に縛りつけ、骨から肉を剝がして吸っているのだ。

その子は肥っているので、いつもお腹を空かせている。

その子は骨でいっぱいの森のなかに住んでいる。いたるところで、骨をポリポリかじる音が聞こえる。

夜、その子は体を土で覆って眠るが、あまりにも落ち着きがないので、森全体が震える。

日曜日、わたしたちは教会に行く。教会は農場の近くにある。でも、正教でもユダヤ教でもなくて、ダンスもしないし、歌もたいしたことはない。

言葉が変われば神さまについての話も変わる、それは普通のことよ、と姉さんは言う。

この教会では悪魔が重要な役割を果たしている。

悪魔は神さまの助手で、地獄に住んでいる。地獄のなかはおかゆと同じくらい熱い。

地獄は天国の裏にある。


人間は悪魔を恐れているから善良だ。


わたしは自分の雑巾をナイトテーブルの上に置く。

これが地獄だ。

早く地獄に慣れることができれば、またすぐにここを出られるかもしれない。

月曜日は、週末のあとでみんな疲れている。

ほかの子どもたちは、週末に両親とハイキングに行った話をする。

彼らはお菓子を持ち帰っているけど、それをヒッツ先生に渡さなくてはいけない。親が送ってきたお菓子は全部、チョコレート用の棚にしまわれる。ヒッツ先生が、いつそれを食べていいか決めるのだ。人より多くお菓子を持っている子は、他の子どもたちと分け合わなくてはいけない。これは、教会と関係のあることだ。

あるときヒッツ先生は、チョコレート用の棚をこじ開けようとしている男の子を見つけた。罰として、その子は食事のときにチョコレートしか食べさせてもらえず、それはその子が倒れそうになるまで続いた。

盗みを働く人は罰を受けます、とヒッツ先生は言った。

ここの食事は、サーカス小屋を解体するときのような味がする。

わたしたちは毎日、シリアルを食べなくてはいけない。シリアルはおがくずみたいに見える。シリアルに果物と牛乳を入れて、おかゆのようにかき混ぜるのだ。

最初、わたしは嫌がって食べなかった。そしたら朝も、昼も、夜も、同じものが出された。わたしがそれを食べて吐くと、吐いたものを食べなくちゃいけなかった。食事を残すのをやめさせるためだ。

食事がまずいと言うと、ヒッツ先生はアフリカで飢え死にしかかっているかわいそうな子どもたちの話をする。それで、先生がルーマニアに行ったことがないのだとわかる。もし行ったことがあれば、いつもアフリカを例に出すのをやめるだろう。

でも先生は、アフリカにも行ったことがないと思う。

姉さんはわたしよりもここの生活になじんでいる。わたしほど不安がないからだ。

姉さんは、わたしの母さんになった。

2

学校は何年も続くのだ、と子どもたちは言う。
学校のことを、わたしはもっと違うふうに想像していた。
それはともかく、わたしの担任はネーゲリ先生だ。
海はスイスから遠ざかってしまった、とネーゲリ先生は言う。
海が行ってしまい、山がやってきた。

世界中のものが、行ったり来たりしている。

学校では、本のなかに世界全体がある。
母さんがわたしたちの人生の話を書いたら、子どもたちはネーゲリ先生からそれを習うだろう。

わたしはサーカスに戻りたい。

ほかの子どもたちは何の不安もない。みんな、同じ言葉を話している。

わたしたちもその言葉を話せるけれど、彼らはわたしたちの言葉を話せない。

わたしは外国語で、もうたくさんの単語が書ける。でも、書くのと話すのとは違う。ヒッツ先生でさえ、わたしたちが学校で習うのとは違う話し方をする。ヒッツ先生は学校で習ったような書き方ができるのだろうかと、わたしは疑問に思う。


姉さんとわたしのあいだでは、自分たちの言葉をしゃべっている。

自分たちの言葉では、**キス**という単語しか書けない。

わたしは毎日、母さんに手紙を書いている。母さんが迎えに来たら渡すつもりだ。わたしは色鉛筆で**キス**と書いて、絵を描き、自分の名前を書く。それからおばさんのために、二番目の名前を書く。ときどき、学校で習ったいくつかの言葉も書く。姉さんがその下に、それをわたしたちの言葉に翻訳して書く。

母さんにもよくわからない外国語を勉強して、どんな役に立つんだろう?

電話口でネーゲリ先生の話をしても、母さんには何のことかわからない。

母さんはいつも、そう、そう、いいわね! と言う。

でも、話の内容は全然よくないのだ。

おばさんの占いで、この施設の話が出たことはなかった。

ここでは有名にも金持ちにもなれないし、気に入った男を選ぶこともできない。

わたしたち、もうディスコに行ったことがあるのよ、と言うと、ほかの子どもたちは大笑いした。

わたしたちは映画「ある愛の詩」の話もした。するとヒッツ先生がやってきた。すぐにやめなさい、と先生は怒鳴った。そんな映画、あなたたちが知ってるわけないでしょ。子どもが見るのは禁止なんだから！

ここの人たちは、わたしたちが知ってることについて、何もわかっていないのだ！

わたしたちは、サーカスから持ってきた服をどれでも着ていいわけではない。

そんな服装の子どもはいないわよ、とヒッツ先生は言った。

わたしたちはまるで男の子のように、平らな靴を履かなくてはいけない。

ハイヒールは禁止されている。

マニキュアと口紅も禁止だ。


そして、母さんが髪の毛でぶら下がっているという話は、誰も信じてくれない。

母さんが施設に来てくれないから、そんな話を作り上げたんだろう、とほかの子どもたちは言う。

自分たちがサーカスで暮らしていて世界中を旅していることの証拠に、わたしたちは長い「ほしいもののリスト」を作った。ほしいものをこのリストにどんどん付け足していくのだ。

どの子にも、ほしいものを言わせてやった。

わたしたちがテーブルに座り、子どもたちはルーマニアのパン屋の前みたいに、長い列を作った。

姉さんがすべてを書き留めた。

両親のところに戻ったら、わたしたちは外国でプレゼントを買い、子どもたちに送るだろう。

姉さんとわたしには、二人だけの遊びがあった。
わたしが姉さんの肩の上に乗り、砂利の上に落ちる。
姉さんは牛の水桶から水を飲む。
わたしは自分のサンドイッチに土を入れる。
姉さんはドアで指を挟む。
わたしは血が出るまで自分を掻きむしる。
姉さんは一摑みの髪の毛を引き抜く。
わたしは馬乗りの姿勢で椅子の角に跳び下りる。
わたしたちは、病院に行きたいのだ。

わたしにはもうシラミはいない。

ヒッツ先生はわたしの頭を丸坊主にしてしまった。姉さんが隣に立って泣いていた。姉さんは普段泣くことなんかないのに。姉さんは、おばさんみたいだ。この子の髪を切るなんて許せない、と姉さんは大声で言った。母さんが聞いたら、きっと警察を呼ぶよ！

姉さんにもシラミがいた。

パウリ《Pauli》。
ハイジ《Heidi》。
ヴレネリ《Vreneli》。
ロビ《Röbi》。
ガビ《Gabi》。

ここでは、ほとんどの名前の最後にｉがつく。

もう髪の毛がないので嬉しい。ずっと丸坊主でいたい。そしてサーカスでは、床でやる演目にだけ出たい。

ひょっとしたら、わたしが髪の毛でぶら下がりたがらないから、両親はわたしたちを施設に預けたのかもしれない。

わたしは髪の毛でぶら下がってもいいけど、と姉さんは言う。わたしたちが預けられたのは、サーカスの支配人がわたしたちの旅費を払いたくなかったからよ、と姉さんは言う。

そんなことあるわけないでしょ、と母さんは電話口で言う。施設はすごくお金がかかるんだから。わたしは施設のお金を払うために働いてるようなものよ。だから、あなたたちの旅行代だって出せたはず。

母さんの声は大きくて楽しそうだ。母さんはわたしたちがどんな様子か、真剣に知ろうとはしない。

いつも、すぐに迎えに行くからね、と言う。

それは嘘だ。

子どもたちはサーカスのことを、動物園について話すみたいに話す。目を輝かせたり、くすくす笑ったりする。

サーカスの団員はみんな親戚で、お互いに大の仲良しで、同じキャンピングカーで寝て、同じ皿から食べるのだ、と子どもたちは考えている。

そして自然のなかで暮らしている。なんてすてきなんだ！

ずっと練習しなければいけないこと、誰かに出しものを真似されるかもしれないこと、夜、丸天井から墜落するかもしれないこと、次の日には死ぬかもしれないことなんて、子どもたちは想像できない。

全部が遊びだ、と子どもたちは思っている。

母さんが墜落したら、遊びで死ぬわけじゃない。

遊びで死んだふりをするのは俳優だけだ。

わたしが映画スターになりたいと言うと、子どもたちは笑う。

わたしは基本的にもう、少し映画スターになっている。父さんが何度もわたしを映画に撮ったからだ。大きくなったら、父さんはわたしの人生の物語を映画にする。

ヒッツ先生はそんな話が嫌いだ。そんな話を聞くと顔を赤くして、暗記したかのように言う。人間はみんな同じ。誰も特別であろうとしてはいけない。
一番大事なのは、しっかり働いて、謙虚でいること。
神さまは、人間が怠けるのが嫌いだから。
人間は、世界を管理するためにいる。
誰かの負担になってはいけない。
仕事を持ち、寄付ができるくらいのお金を稼がなくてはいけない。
家をいつも清潔にしておかなくてはいけない。
そうすれば平穏な暮らしができる。

でもヒッツ先生は、わたしたちが神の似姿だということも言う。

わたしたちが神の似姿だったら、神さまと同じくらい有名になったっていいんじゃないか。

ヒッツ先生は、父さんとはきっと意見があわないだろう。

ある映画のなかで、父さんは殺人者と死人を演じた。壁とお風呂にトマトジュースを撒き散らして、そのなかに入り、死んだふりをした。

その前の場面では、殺人者が部屋のドアを開けて暗闇のなかに忍び込む様子を演じた。

それから、殺人者が一人の男をキッチンナイフで刺し殺す。そのために父さんは羽をむしった鶏を使って、それを何度も突き刺した。

鶏の胸が、映画では男の腹ということになっていた。

別のホテルで、父さんは火事の映画を撮り、バルコニーに火をつけた。

飛行機の墜落を演出したこともあった。

最初に飛行機が見え、それから人々が現れ、それから飛行機が離陸して空に消える。母さんやおばさん、姉さんやわたしが叫んだり、泣いたり、十字を切ったりする様子が映る。

墜落の様子を父さんはプラスチックの飛行機で撮影した。その飛行機は森で燃える。この場面のために、父さんは洋服やスーツケースも燃やした。

母さんは、しょっちゅう父さんから何かを隠さなくてはいけない。父さんは映画のためにいろんなものを切り刻んだり、誰かにお礼としてあげたり、燃やしたりしてしまうから。

父さんは、わたしのお気に入りの人形まで、「**森のなかの美女**」というサスペンス映画のために燃やしてしまった。

森。

ブロンドの美女が一人、父さんが二本の木のあいだに張り渡したロープの上で、日傘をさして芸をしている。

そこに大量殺人者がやってきて彼女を驚かせる。

死んだ美女が森のなかで遺体を切断された状態で発見される場面で、父さんはブロンドでお話もできるわたしの人形の腕と脚を引きちぎり、顔にやけどの傷をつけた。

わたしの人形は、突然いなくなってしまった。

母さんはロシアから来た空中ブランコの芸人たちを疑った。平気で犯罪を犯す共産主義者だよ、自分の仲間のものさえ奪い取るんだから！

演技場の背後で母さんは彼らに暗いまなざしを向け、呪いをかけた。

父さんがサスペンス映画を見せたとき、わたしは人形が使われているのを発見した。

あの人形は、顔に穴が開いたから森のなかに置いてきたんだよ、と父さんは両手を揉み合わせながら言った。

泣くんじゃない、またローマに旅行できるようにするから、そうしたら人形を二つ買ってやるから。

いや、三つだ！　おまえがほしいだけ買ってやる。

泣くんじゃない、この映画はおまえのために作ってるんだから！　と父さんは怒鳴った。

みんなが、おまえにはすごい父さんがいると気づくためなんだ！

おまえの母さんは、俺は字が読めないと言う。あいつの舌はピーマンだ！　あいつが俺と結婚したのは、西側に来たかったからだけなんだ。俺がそれを知らないとでも思うか？

両親のところに帰りたいです、とわたしたちはヒッツ先生に言う。まずは学校を卒業して職業訓練をしてからです、と先生は言う。職業なら、生まれたときからもう持っています。わたしたち、サーカスの芸人なんです！

それは児童労働になるわね。もし警察が知ったら、ご両親は逮捕されるわよ。話をするとき、ヒッツ先生は鼻を高く突き上げる。まるで肉屋の鉤《かぎ》にぶら下がっているみたいに。先生の顔が長く引き伸ばされて、口が開く。

わたしはヒッツ先生のなかに入りこむ。

ヒッツ先生の内部には棚がいっぱいで、そこには小さなメモ帳と小さな鉛筆を持った小さな警官たちがしゃがんでいる。

彼らの仕事は鉛筆を削ることだ。

一番早く鉛筆を使い終わった人が、棚の高いところへ上がれる。

一番熱心な人は鉛筆削り王になり、自分のゴミをほかの人たちの上に降らせることができる。

子どもたちの「ほしいものリスト」は、どんどん長くなる。

3

姉さんが突然、シュナイダーさんに連れていかれた。


あなたたちの両親が、離婚したのよ。

お父さんがあなたに戻ってきてほしいんだって、とシュナイダーさんは姉さんに言った。

あなたとお父さんは一緒にフランスに行くのよ。

わたしにはとても辛かったけれど、止めることはできなかった。


あんたのこともうすぐ迎えに行くから、と母さんはわたしに伝言をよこした。

あんたの父さんは犬のボクシーも連れてっちゃったよ！　という話を電話で聞いた。油絵も！　お金も持ってった！

あの女たらしは、黒人の女とベッドにいたんだよ！

いたるところで若い女に手をつけるんだから！

あんたのことももうすぐ迎えに行くから。

あんたのことももうすぐ迎えに行くから。

あんたのことももうすぐ迎えに行くから。

など、など。

姉さんがいなくなってから、わたしは人形のアンドゥーザにおかゆのなかの子どもの話をする。

子どもがおかゆのなかで煮えている。その子は母さんの顔にハサミを突き立てたから。

人形のアンドゥーザは、いまではわたしの妹だ。

アンドゥーザの父親は、フィンスター《暗闇》さんという。

学校でいじめられるようになってから、アンドゥーザは自分の人形の腕をもぎとった。ときにはバター付きパンの上にボタンを載せて、かぶりつく。

アンドゥーザが泣くのは、歯が痛いときだけ。

女の先生は最近、アンドゥーザを叩いた。アンドゥーザが床におしっこをしたからだ。頭がおかしいんじゃないの！　と、その先生は怒鳴った。

みんながそれを聞いて、笑った。

アンドゥーザの人形はそれ以来、同じように床でおしっこする。人形も叩かれる。そしてアンドゥーザは怒鳴る。頭がおかしいんじゃないの！

アンドゥーザの父親は、よく人形のスカートの下に手を入れる。そして魚のような目をする。そして水中にいるようなため息をつく。

アンドゥーザはいつか、その人形を捨てなくてはならないだろう。

学校では、罰として課題を出される。わたしがもう動物の名前を覚えようとしないからだ。

わたしはモルモットを一四、ベッドに連れ込んだ。そのせいで、ヒッツ先生はわたしを屋根裏部屋に閉じ込めた。

屋根裏部屋で、わたしは自分への罰として作文を書く。

父さんは、ずっといなかったせいで死んだ。
母さんは、何もできずに生きている。
姉さんは、父さんの娘でしかない。
わたしは少しずつ大きくなった。

そして、子どもはほしくない。
そして、子どもはほしくない。
そして、子どもはほしくない。
そして、子どもはほしくない。
そして、子どもはほしくない。
そして、子どもはほしくない。

そして、子どもはほしくない。
そして、子どもはほしくない。
そして、子どもはほしくない。
そして、子どもはほしくない。
そして、子どもはほしくない。
そして、子どもはほしくない。
そして、子どもはほしくない。
そして、子どもはほしくない。
そして、子どもはほしくない。
そして、子どもはほしくない。
そして、子どもはほしくない。
そして、子どもはほしくない。
そして、子どもはほしくない。
そして、子どもはほしくない。
そして、子どもはほしくない。
そして、子どもはほしくない。
そして、子どもはほしくない。

そして、子どもはほしくない。
そして、子どもはほしくない。
そして、子どもはほしくない。
そして、子どもはほしくない。
そして、子どもはほしくない。
そして、子どもはほしくない。
そして、子どもはほしくない。
そして、子どもはほしくない。
そして、子どもはほしくない。
そして、子どもはほしくない。
そして、子どもはほしくない。
そして、子どもはほしくない。
そして、子どもはほしくない。
そして、子どもはほしくない。
そして、子どもはほしくない。
そして、子どもはほしくない。
そして、子どもはほしくない。

そして、子どもはほしくない。
そして、子どもはほしくない。
そして、子どもはほしくない。
そして、子どもはほしくない。
そして、子どもはほしくない。
そして、子どもはほしくない。
そして、子どもはほしくない。
そして、子どもはほしくない。
そして、子どもはほしくない。
そして、子どもはほしくない。
そして、子どもはほしくない。
そして、子どもはほしくない。

まず、わたしが入院した。
それから母さんが来て、わたしを連れ帰った。

3

1

父さんは、体中が背中になってしまった。

わたしが父さんのことを口にすると、母さんの目が暗くなる。

父さんが出て行く前に、大きなけんかがあった。

母さんは姉さんに殴りかかり、窓ガラスにぶつかって血管を切ってしまった。

ええ、あんたの夫と寝たわよ！　と姉さんは叫んだそうだ。

あんたの父さんはわたしの心を吸い尽くしてから捨てたのよ、と母さんは言う。わたし、入院してたんだから。どうやってもっと早くあんたを迎えに行けたっていうの！　でも、神さまは眠ってなんかいない。あんたの姉さんも、いまでは父親を捨てた。父親から離れるために、よその男の子どもを妊娠したのよ！

母さんが以前どんな匂いだったか、もう思い出せない。

クリスマスやお祭りの席で、母さんはとても騒がしく、陽気にしている。そして急に泣き出したり、けんかを始めたりする。

わたしが施設にいた時期のことを、母さんは話さない。

あの人たちはいつも脳みそがとろけるくらい酒を飲んでいたから、あんたたちを施設に預けることになったんだよ、とおばさんが言う。あんたの両親は、ここでは幸せが道端に転がっていると信じてるのさ！

おばさんは子どもがいないから焼きもちを焼いてるのよ、と母さんは言う。あの人はいつもわたしの世話になって、わたしの成功の陰で生きてきたのよ！　わたしがいなかったら、西側に来ることだってなかったんだから！

わたしが施設から戻ってしばらくすると、おばさんも出ていってしまった。

おばさんは若い恋人と結婚して、ぬいぐるみの動物たちを連れて彼とアパートで暮らすことになったのだ。

サーカスでは、彼は休憩中に写真を撮ったり、お菓子を売ったりしていた。いまでは病院で働き、おばさんはホテルで働いている。

結婚式の写真には、シュナイダーさんも写っている。

シュナイダーさんはくりかえし連絡をくれて、施設に戻って学校に行きなさい、と言う。学校に行くのに遅すぎるということはないから、と。

そしたら母さんはどうなるのだろう？
血管を切る事故のあと、母さんはもう以前の演目をできなくなってしまった。

大きなパレードをやろう、と母さんはサーカスの支配人に言う。
大評判になるよ！
わたし、アフリカ行きの大きな船でクレーンにぶら下がるから！
テレビやラジオや、ジャーナリストたちを呼んで！
芸人たちが下に立つの。
オーケストラが演奏する。
わたしはクレーンに吊り下げられて波止場に降り立ち、大きなポスターを広げる。
わたしたちは下でみんなトラックに乗り込み、街のなかを通ってサーカスに行くのよ。
どう思う？
そのあとでヘリコプターを使って大きな宣伝をする！
ヘリコプターから髪の毛でぶら下がる、世界でたった一人の女！
わたしたち、大金持ちになれるわよ！

そのイベントの当日、母さんはまるで割れ物が入った箱みたいに、とてもゆっくりとクレーンで地面に向かって降ろされた。

下には芸人やテレビ局やジャーナリストたちがいた。

オーケストラが演奏していた。

わたしは船の上にいた。

母さんが地面に着いた。


すべてがうまくいった。


ところが突然、母さんは計画を変更して、クレーンの運転士に上へ持ち上げろ！　という合図をした。上へ持ち上げろ！

上へ持ち上げろ！　母さんはほほえみながら要求した。

不安なときは心臓を口に押し込んでほほえむのよ、と母さんは言っていた。

クレーンがまた動き出した。

甲板の高さになって、船の内部へと向きを変えようとしたとき、動きが止まり、ガクンと後ろに戻った。
母さんはポスターを落とし、衝撃を和らげるために針金にしがみついた。
その光景は、ゴムのようにわたしの目の前で広がっていった。

クレーンが一本の手に変わった。
母さんは大空いっぱいに、前後に揺さぶられた。

ノー！　ノー！　ストップ！　と、サーカスの支配人が叫んだ。
彼女の首が！　ああ神さま！　彼女の首が！

電気がショートして、クレーンが止まった。
母さんは船の外で、空中にぶら下がったままになった。
体が抜け落ちた空っぽの皮膚みたいになっていた。

この事故の前夜、わたしは母さんに髪を切られる夢を見た。

長い髪は土に埋もれて、あんたを死んだ人の方に引っ張っていくんだよ、と母さんは言った。

そう話しながら、口から歯がこぼれ落ちた。

いまはあんたが母さんなの？　と母さんが尋ねた。

わたしは母さんの目をはめて、母さんを見た。

母さんの顔は文字盤になっていて、針が皮膚に埋まり、小さな切れ端を刻んでいた。

何かを口に出すとそれがほんとうになる、と姉さんは以前言っていた。そして、母さんにまつわる不安を口にするのを、わたしに禁じた。

わたしがあんなにしょっちゅう事故のことを考えなければ、母さんの事故は起きなかったのだろうか？

父さんがわたしたちを呪ったのよ、と母さんは言う。父さんがクレーンの運転手を買収したの！

父さんはわたしたちがどこにいるかさえ知らないのに、そんなことできるはずないじゃない？

ついに事故が起こったことで、わたしはほっとした。

もう、母さんが空中で宙づりになることを心配する必要はない。

それはもう起きてしまったのだから。

母さんはもう二度と、あの演目には出られないだろう。

あんたが首の骨を折らなかったことを喜ばなくちゃね、とみんなは言う。あんたがまだ生きてるってことをね！

喜ぶ。
喜ぶ。
喜ぶ。
喜ぶ。
喜ぶ。
喜ぶ。
喜ぶ。

母さんは喜んでいない。

前よりもっとたくさん、白ワインを飲む。

薬がわたしを殺すよ、と母さんは言う。薬とワインは合わないからね。自分の心臓の音が、もう聞こえない！

母さんはもう、鶏を殺さない。前ほどいい食事をとることは許されない。髪の毛でぶら下がらなくなってから、いい食事をとると母さんは肥ってしまうのだ。

民主主義がわたしたちをどうするかわかってれば、故郷を飛び出すこともなかったのに、と母さんは言う。父さんは、天国に行くんだ、って言ってたのよ。

何、天国？

ここじゃあ、犬の方が人間より大切なのよ！

店の棚はドッグフードでいっぱいだって故郷の家族に書くと、頭がおかしいと思われるんだよ！

ここじゃあ、誰でもお湯が出るバスルームを持っているのに、心のなかは冷蔵庫だ！

でも神さまは眠ったりしない、神さまは貧しい人の涙で海を作るのさ。わたしたちが天国に行ったら、そこで泳げるよ。その海から出ると、肌は純金になっている！

わたしの家族は外国で、ガラスのように粉々になった。

2

わたしは十三歳。

十三という数は不吉だからあんたはまだ十二歳よ、と母さんは言う。

ときには、十六歳だとか、十八歳だとも言う。


父さんは、すべての撮影フィルムを持っていってしまった。

誰か、わたしを映画スターにしてくれる人を見つけなくてはいけない。

母さんの興行主は、わたしをもう何度も映画プロデューサーのところに派遣した。

母さんが袋から写真を取り出し、わたしたちが収めた数々の成功について話す。

でも、そんな試みも実を結ばなかった。一度などは、すべてがめちゃくちゃになった。

母さんとわたしは部屋に迎え入れられ、プロデューサーは写真をじろじろ眺めた。それからわたしを大きなベッドのある別の部屋に連れていき、スポットライトを点けた。

母さんは外で待たされていた。

想像してごらん、きみが飼ってる犬が車に轢かれた様子を、と彼は言った。

そのベッドの上で！

わたしは頭を抱え、叫び声をあげて転げ回った。

いいぞ！　いいぞ！　彼は言った。じゃあ、ぼくは外に出るから、きみは服を脱ぐんだ。そして、いまのを最初からやってみよう。

わたしがちょうど服を脱いでいるとき、母さんが叫びながら部屋に駆け込んできて、わたしの服を摑むと引っ張って外に連れ出した。

あいつはマフィアで、子どもを強姦するのよ。警察を呼んで！

世界はどうなってるの？　災難よ！　わたしはルーマニアの女だけど、バカじゃないわよ！　あんたが娘に何をしようとしたか、テレビでしゃべってやる！

わたしは母さんに怒鳴った。これはわたしの仕事よ！　離してよ、これがわたしの仕事なんだから！

父さんは、「**森のなかの美女**」でこれとは違うことをしたのだろうか？

母さんには新しい男ができた。

母さんは、その男が飼い犬のピュフィと一緒に住んでいるホテルで彼と知り合った。

彼は自分がジャーナリストだと言った。

でもすぐに、彼がジャーナリストでもなければ、部屋代も払えていないことがわかった。

それ以来、彼はわたしたちにくっついている。

母さんが大きい犬を怖がるので、彼は飼い犬を浜辺に置いてこなければならなかった。

その代わりに、わたしに小さな犬をプレゼントしてくれた。

バンビだ。

ホテルでは、バンビはバスルームにおしっこをしに行く。

犬が禁止されているホテルでは、わたしたちはバンビを鞄のなかに隠す。

バンビはわたしのお腹やお尻のそばで眠るので、温かい。

バンビは骨をかじったりしない。わたしたちと同じ人間なのだ。小さなガスコンロで、わたしはバンビのためにお米と鶏肉を煮る。デザートには、潰したバナナにミルクをかけたものと、バタービスケットをあげる。

バンビはわたしの子どもだ。

わたしはバンビに、施設でのことを話した。バンビは耳をぴんと立てて聞いていた。

バンビには個性がある。バンビも有名になるはず。

雨が降ってバンビが不安そうにすると、わたしはバンビにおかゆのなかの子どもの話をする。

おかゆのなかの子どもは、犬のような骨格をしているので、みんなが怖がる。その子が誰かをじっと見つめると、見つめられた人はガイコツになってしまう。

ホテルでは、バンビとわたしだけの部屋がもらえた。

見知らぬ街で一人ぼっちにされるのが怖い。そうなったら誰を頼ったらいいか、わからないからだ。

一人で通りに出ることは禁止されている。もし外に出てしまったら、わたしは迷子になるだろう。どこに家があって通りの名前は何というのか、覚えられないのだ。家や通りが絶えず壊されては建てられているような感覚に襲われてしまう。

わたしはボロボロと崩れていくような気がする。

母さんは新しい男にマジックを教える。彼はバンビを野外調理用の鍋から取り出す。輪を空中に投げると、それが一本の鎖になる。散歩用の杖からは、鳩たちが飛び出す。

彼と母さんは、**デュオ・マジコ**と名乗る。

エージェント用の写真は、もうできている。わたしたちはホテルの部屋で、壁の前にシーツを広げた。母さんはコスチューム、新しい男はスモーキングを着て、わたしが写真を撮った。

新しい男には仕事がなかったんだと思う。母さんがマジックの演目を思いつくまでは、彼はミミズを育てていて、漁師にそれを売ろうとしていた。わたしたちの車のトランクは、泥だらけの朽ちかけた木箱でいっぱいで、それを街から街へと運ぶ羽目になった。木箱を湿らせるために、わたしたちは夜それをホテルの部屋に持ち込み、バスルームに積み上げた。

しかし、彼はまもなくやる気を失い、ミミズを乾燥させてしまった。木箱は、高速道路の駐車場に置き去りにした。

ミミズの商売の前は、彼はしばらくのあいだ建築現場で働いていた。母さんとわたしは年とった農夫の手伝いをして、ジャガイモやタマネギ、スイカなどをもらった。

建築現場の給料で、母さんとその男はビールやワイン、タバコを買った。わたしには、毎週一冊ずつ、写真小説を買ってくれた。

わたしたちは休暇でどこかに行くことはなかった。仕事や商売をしていないときは失業しているわけだから、借金をしなくてはいけなかった。

わたしたちの家はどこ？

陶磁器の食器が入った母さんのスーツケースは、まだある。

3

母さんとその男は、マジックの出しものでナイトクラブに出ようとしていた。

ナイトクラブのオーナーは、むしろ母さんとわたしを登場させたがった。

母さんとわたしはジャグリングの出しものを練習し、サーカスのコスチュームを着て登場した。

出しもののあと、母さんはあるお客のテーブルに座り、シャンパンを注文した。

わたしは母さんの小さな妹として紹介された。

でもこの妹に触っちゃだめよ、と母さんはつけ加えた。

寄席のオーナーの**ペピータ**は、わたしをこうした酒場の一つで見出したのだ。

わたしはいまでは、寄席のバラエティー・ショーに出ている。

最初は、ほかの女の人たちと一緒に踊っていた。

出番はどんどん多くなり、ペピータは次第に、わたしがみんなの前で踊るようにさせた。

このボディ——どんな街でも、そんなふうに描かれた等身大のポスターで、わたしの出しものが紹介された。

わたしの乳首には、青と白の縞模様の小さなギラギラした星が揺れている。絆創膏で肌に貼り付けたのだ。わたしは水兵帽をかぶり、歌いながら敬礼する。

わたしは息を吐き出しながら、小さなかすれ声で腰を振って歌う。

まるで有名な映画スターのように見える。いまではブロンドの髪をしていて、鼻と上唇のあいだにほくろを描いているからだ。

母さんはペピータのところで、五年契約にサインをした。

でも、もしわたしが大物に見出されたら、五年経たないうちに出ていく予定だ。

わたしたちを訴えても、ペピータ自身が問題を抱え込むことになる。わたしは未成年だから。

ペピータは、わたしが裸で登場するようにさせたがった。でもまだ若すぎるので、両脚のあいだに毛を付けた三角形を貼ることになった。母さんが考え出したのだ。

まるで本物みたいに見えた。それに、それを付けていれば裸ではない気がした。母さんは、以前自分の衣装を縫っていたみたいに、わたしの衣装を縫ってくれた。この出しものは、振付師のヴァルガスがわたしと一緒に稽古することになった。

わたしの一番人気の出しものは、**電話**だった。

舞台には一台のベッドがある。

透け透けのネグリジェを着たわたしが、ベッドの上にいる。

電話が鳴る。

わたしは蛇のように体をくねらせながら受話器を取り上げ、受話器に向かって歌うように自分の名前を言って、耳を澄ます。

おお。

ゆっくりと、ほとんど目立たないくらいに、

あいかわらず歌を歌いながら、

両脚を受話器で擦り、

ネグリジェをピンと伸ばす。
客席からは口笛や呼び声。
わたしはベッドから滑り降り、
踊るような足取りで舞台の端に行く。
自分の写真をばらまき、
ほんの少し、脚に触らせる。
ペピータはこの出しもののために、わざわざわたしの写真付きのチケットを一万枚も印刷させた。

母さんはいつも、ガウンを持って舞台裏でわたしを待っている。
とても大切に育ててきたから、娘はまだ処女なのよ！
とても、と言うところで母さんはげんこつを作ってほほえむ。この子はまだ子どもで、映画プロデューサーに強姦されそうになったところをわたしが助け出したのよ、と母さんはあらゆる機会をとらえて話す。

あの事故以来、母さんの皮膚は何度も剝けかわった。どの皮膚も、よその女性のものみたいだった。

わたしの大事なところに触った男はまだ一人もいなかった。わたしはそのことしか考えられなかった。二人の男から同時に強姦されたい。

寄席の大スター、マリー・ミストラルは本物の恥毛を見せている。でも、わたしの方がずっと若いから、お客さんからもっとたくさんの拍手や口笛をもらう。

全体のフィナーレのときに、マリー・ミストラルは片足を椅子に載せ、母親に恥毛を梳《と》かしてもらう。彼女も母親と一緒に旅をしているのだ。母親は聖母マリアの前のようにひざまずいて言う。「娘の毛はわたしたちの最大の資本。どんなにびっしり生えてて長いか、見てちょうだい!」

自分はけっして裸では登場しない、裸で出るくらいなら飢え死にした方がマシよ、とわたしはジャーナリストに話した。

それが新聞に大きく出た。

三角形を貼っていることは、ジャーナリストには説明できなかった。

その晩、マリー・ミストラルは自分の両脚のあいだを掴み、恥毛を引っ張ると、「今度侮辱したらあんたの顔を切り刻むからね」と脅した。

なんて女だろう! まるで革の鞄のように面の皮が厚い。それに、おっぱいは人工的に膨らましている。どんな動きをしても、おっぱいはチーズでできた鐘のように強張っている。

もし誰かに見出されたら、契約を破る理由としてマリー・ミストラルの脅迫を挙げてやる。

ほとんど毎週、わたしたちは別の歳の市に出かけては、大きなテントで出しものをする。ときには古い映画館でやったり、いかがわしい酒場のテーブルの上で踊ったり、屋根が落ちた廃墟のような建物でもやる。あるときなど、出しものの最中に舞台上に雨が降ったことさえあった。

もっと大きな街に行けば劇場はきれいで暖房も効いているし、トイレさえ付いている。

ツアーの合間には、わたしたちは首都で暮らす。

そのときは、コマーシャルの仕事をする。

タイプライター。

靴下。

フラメンコスカート。

胸のたるみをなくす美容クリーム。

ペピータが仕事を仲介した。

あんたは最高のタレントさんよ、と彼女は言う。

母さんはいつもそばについている。

映画に出るときだって同じよ、と母さんは言う。たくさんのライトと、わたしたちの面倒を見てくれるたくさんの人がいるのよ。

ペピータには夫と幼い娘がいる。夫は下心がありそうに、わたしをじろじろ見る。もしチャンスがあれば、あの男の口にキスしたいと思う。

首都ではいつも、サーカスで旅行していたころから知っている**ペンション・マドリッド**に泊まる。

駅にあるような別のホテルに泊まるときは、棚の上のスーツケースにまだ半分荷物が入っているけれど、ペンション・マドリッドではスーツケースの荷物をほとんど全部出してしまう。


ペンション・マドリッドは、年とった芸人たちにとっては一種のホームのようなところだ。彼らの大部分は、もう何年もペンションの部屋に住んでいる。ダンサー、マジシャン、高級娼婦たち。

ペンションを経営しているのは、年とって干からびたドンナ・エルヴィーラ。ドンナ・エルヴィーラは自らベッドメイクもするし、一日中、白いシーツを抱えて廊下を忍び歩き、ドアで聞き耳を立てている。

わたしが一度、ドンナ・エルヴィーラが聞き耳を立てているところに行きあわせたとき、彼女は言った。「わたしは、誰も死なないように気を配ってるのさ。でもあんたは、そんなこと気にしなくてもいい。死なんてものは充分早くやってくる。しかも、ひとりでに」

ダンサーのトニ・ガンダーは一日中、絹のガウンを着て、頭にネットをかぶって歩き回っている。片方の脚が曲がらなくなっているので、けっして外出はしない。

共同の小さなキッチンで、彼は自分と三匹の猫のための料理を作る。猫たちは、彼と同じ皿から食べることを許されている。

マジシャンの部屋では、鳩たちが飛び回っている。

母さんは自分のマジックのためにその鳩たちを買い取ろうとしたけど、鳩たちはもう年をとりすぎていた。

高級娼婦だった人の一人は、部屋で蛇を飼っている。

いまじゃこれがわたしの夫なのよ、と彼女は言う。


真夜中になると、**ペンション・マドリッド**がある地域は死んだようになる。

建物のなかに入りたければ、手を叩いてドアの開閉係が来るまで待たなくてはならない。

彼は通りの端の小さな小屋に座っていて、体が土に潜っていきそうになっている。夜じゅう、彼が錆びついた鍵束をガチャガチャいわせながら、ドアからドアへと足を引きずって歩くのが聞こえる。一歩ごとに、蕪《かぶ》を地面から抜くように、自分の両足を引っ張っている。

彼はまるで、白い目のついた根っこのように見えた。

この街では誰もが鍵の合う場所に住んでいるのさ、と開閉係はうなる。

彼はどの人にも、自分は祖国を防衛したのだ、と語り、片手を差し出してチップを待つ。

平和のためにチップを！

ペンション・マドリッドはわたしたちがくりかえし戻っていった唯一の場所だった。理由は、この街で舞台に立つから。もしくは、いまは舞台が休みだから。もしくは、失業したから。

ここはちょっぴり、我が家のような場所になった。

父さんや姉さんやおばさんも、わたしたちと一緒にいたころ、ここに住んでいた。

マリー・ミストラルは昼でもカツラをかぶっている。頭の毛は、下の毛ほど多くない。

どうして顔は、体の他の部分よりも早く老けるのだろう?


後ろから見ると、マリー・ミストラルは前から見たときよりも若く見える。

わたしが新聞に出たり、出番が多くなったりする前、マリー・ミストラルとわたしはちょっぴり仲良しだった。

わたしは彼女から、目玉焼きの作り方を習った。

まず、油をフライパンに垂らす。それからすぐ、油が熱くなる前に卵を入れる。

こんなに簡単なものは、母さんは作らない。

母さんは目玉焼きも食べない。

マリー・ミストラルから目玉焼きを作りながら学んだことは、男のどこを見るべきか、ということだった。

男の下の毛が多いかどうか見なくちゃいけない、と彼女は言う。

下の毛が多いと、すごくいいんだよ。

そういうことを、母さんは言わない。母さんだって同じことをしているのに。母さんに新しい男ができる前、何人かの男が現れた。彼らはわたしにプレゼントをしてくれた。

4

わたしは後ろ向きに成長している。

母さんはわたしを、毎年小さくしようとしている。

あんたはまだ子どもで、保護が必要なのよ、と母さんは言う。

子ども？　子どもがこんなふうに見える？

わたしは、マリー・ミストラルがどんなふうに一人の男を見つめるか、観察していた。

マリーは両目をつぶり、歯を食いしばり、唇を震わせる。そして、頭をのけぞらせる。

わたしも同じことをしてみるけど、まだそんなにうまくいかない。

一人の男に長いこと見られると、居心地が悪い。それに人をじろじろ見るのは恥知らずだ。女たちがこういう男に反対しないのは驚きだ。

母さんの男は教養がある。本を読むのだ。本を読む人をわたしはほかに知らない。彼はいつも、面倒くさい質問をしてくる。ほかの人たちの前で、誰がラジオを発明したか知ってるか、とわたしに訊いたりするのだ。

わたしが何か答える前に、彼は、それを知らなくて恥ずかしくないのか、と言う。

その晩、わたしはもうひと言もしゃべらなかった。

母さんとも。

母さんは、自分は八年間学校に行った、と言い、国々の首都を列挙してみせる。

学校に行ったというのはほんとうかもしれない。母さんの字はきれいだから。

親戚からの手紙も、きれいな字で書かれている。

母さんはみんなに宛てて、わたしがこれまでにどれほどたくさんの学校に行ったかを書き、わたしの家庭教師のために全財産を使っているのだ、と書く。わたしはもう六か国語が話せ、書くこともできるのだ、と。

わたしはネーゲリ先生の授業より先には進まなかったのに。

でも母さんは、そんなこと聞きたがらない。


故郷から手紙が来るたびに、具合の悪いことになっていく。親戚たちは、わたしが返事をしないつもりだと疑っているに違いない。

あんたも書きなさいよ、と母さんがせっつく。

書けないのよ、とわたしは言う。

母さんは暗いまなざしになる。どうして、母語が書けないなんて言うのよ！　みんながどう考えると思う？　せっかくあの靴屋（ルーマニアの独裁者だったチャウシェスクは、若いころに靴職人のもとで見習いをしていた）から逃げ出したのに、ここで故郷よりひどい境遇になるなんて？　夫には捨てられ、娘は字を書くこともできない？　親戚にそんなこと思われてもいいの？

そんな言い合いのあとで、母さんは子どものように泣く。そんなときは母さんに触らない方がいい。触ってしまうと母さんは振り向き、自分には病気になってもお茶を淹れてくれる人さえいない、と言い出すのだ。

やがて落ち着くと、母さんは言う。母語っていうのは血管のなかの血のようなものよ。自然に流れてるのよ。

書いてみなさいよ、できるから！

そう言って、母さんは白ワインを飲む。

そしてとても陽気になり、大声を出し、ルーマニア音楽のレコードをかけて踊り出す。

わたしを吸い尽くすとでもいうように、ちゅっちゅと音を立ててわたしにキスをする。


親戚の人たちがわたしの手紙を待ってるのかどうか、よくわからない。

彼らは医師の処方箋を送ってくる。正しい大きさがわかるように切り取った足型と一緒に、ほしいもののリストを送ってくる。


わたしたちのことで、怒らないで。

あなたたちを愛してる。

あなたたちがこちらに送ってくれるものを、神さまはすべてあなたたちに返してくれるでしょう。

もし可能なら、もっと送ってください。

わたしの潰瘍《かいよう》は、子どもみたいに大きいのです。

わたしたちはあなたたちと、そこにいるあなたたちの友だちのために、最善を、健康を、幸福を、あらゆる願いが叶うことを祈っています。

怒らないでね。

ルーマニアで生活するのは大変なの。

薬はとても高い。

あなたたちにキスを送るわ！

うちの母さんが大きな心労を抱えてることを知ってほしい。

わたしたちのことで怒らないで！

わたしは毎日、善良な神さまにあなたたちのことを祈ってる。

うちの父さんのために、そっちで仕事を見つけられない？

自分の問題ばかりたくさん書いてしまったけど、あんたたちが元気かどうか、訊いてなかったわね？

あなたたちにキスを送ります。

わたしたちは苦しんでる。

神さまがあなたたちの願いをすべて叶えてくださいますように！　わたしたちを助けられるように、神さまがあなたたちをお金持ちにするべき！

人生はクソの山だ。

伯父のパヴェルだよ、生まれる前からお前を知っているよ。

あなたは神のパンのような人です。

アナが学校に行けるように、お金を送ってください。

明けましておめでとう！

イレーナはお腹が空きすぎて、絶えず吐いています。

あなたの手にキスします。

コルネリアはもう歩けない。

わたしは、生まれたばかりのお前を最初に抱いた人間だ。

ドイナはあなたにそっくりです。もうあなたの名前が言えます。

どうか怒らないでちょうだい！

わたしたちはあなたの家族よ。

あなたの年とった叔母さんよ。戦争中、裸足であなたをおぶって山に連れていったわ。

姉たちは、わたしにお金がないってことを信じない！　うまくいってないってことを、あの人たちに言わないで。わたしの不幸を喜ぶだろうから！

親愛なるみなさん、この手紙を読んだら破り捨ててください！

あなたの従姉妹のヨゼフィーネです。あなたと同い年で、家事は何でもできます。わたしのために、いい結婚相手を見つけて！

あなたたちに甘いキスを送ります！

伯父のペトルだよ。公園でお前に白鳥を見せてやったのを覚えてるかい？

わたしは二つのマジックの演目に出演する。パリから来た本物のマジシャンと一緒に。一つ目の演目では、わたしがキャビネットのなかに入る。戸は閉まっているが、顔と両手、両脚は観客に見えている。それからマジシャンは、何本かのサーベルをキャビネットの壁に突き刺す。最後に彼がキャビネットのまんなかの部分を引き出しのように抜いてしまう、というわけだ。

二つ目の演目では、マリー・ミストラルとわたしが登場し、それぞれ車輪のついた箱のなかで横になっている。頭と両手と両脚は見えている。わたしたちはまっぷたつに切られ、舞台中を引きまわされ、また合体する。

屈むときに、わたしたちはそれぞれ相手の脚を抱えているのだ。

母さんの男は、難しいトリックができるようになるにはまだたくさん練習しなければならない。

ペピータが彼を雇ってくれるだろうと、母さんは信じている。

彼はわたしより少し年上なだけだし、いまではわたしが三人を養うお金を稼いでいるのに、彼もわたしを子ども扱いする。

わたしのことで彼を質問攻めにした男に向かって、彼が「あれは俺の娘だよ」と言っているのが聞こえた。頭がおかしいんじゃないの！　いつもバカなことばかりやっているし、まるで自分のなかの畑に水をやる必要があるみたいに、大量のビールを飲む。

マリー・ミストラルの母親はとても年とっているし、けちくさい。壊れたブーツを、針金で繕っている。

娘が稼ぐたくさんのお金は、何に使っているのだろう？

マリー・ミストラルは結婚していないようだし、子どももいないようだ。もうとっくに夫や子どもがいてもよさそうな年齢なのだけれど。

二十年経ったとしても、わたしの方がいまの彼女より若いだろう。

わたしは若くして死ぬだろう。

マリー・ミストラルは、世界の終わりについてわたしに話した。

彼女は信心深くて、鏡のところにイエス・キリスト像を掛けている。舞台に出る前に、マリーはキリストにキスをし、十字を切り、自分の指にキスをし、恥毛を撫でる。

母さんがサーカスの舞台に立つ前に十字を切るのは理解できるけど、マリー・ミストラルの場合は失敗の可能性なんかないんじゃないか。

わたしは十字を切らない。

イエス・キリストが一番いい愛人なのだ、とマリー・ミストラルは言う。シャワーの下で目を閉じて、イエス・キリストに愛してもらうだけでいいのだそうだ。女性が何を必要としているか、イエスは一番よくわかっている、と彼女は言う。下からシャワーを当ててごらん。聖霊が来て、あんたを幸せにしてくれるよ。

5

あの男は豚野郎だ、と母さんは言う。

あんたの父親でもいいような年なのに！

母さんはそれ以上何も聞こうとしない。

母さんが夫に向かって、あの子が豚野郎を挑発したのよ、でなきゃこんなこと起こるわけないでしょ、と言っているのが聞こえる。


あんたは父親と同じだ！


その男と妻は、突然ペピータのところに現れた。

あの子はマリリン・モンロー並みの美人ですね、と二人は言った。

母さんはまるでケーキを出すように、わたしを二人の前に連れていった。横にくるりと回ってほほえみなさい、と言われた。

わたし、娘を映画スターにしたいんです！　この子、ナチュラルな美人でしょ！　モナコのアルベルト王子と結婚させるんです。すてきな男性です。彼がこの子を見たら、夢中になります！　この子は頭がいいし、勉強しかしない。お酒を飲んだり、男をじろじろ見たり、ディスコに行って媚びを売ったりはしないんです！　この子はまるで鳥の羽のようにやさしく話します。たくさん子どもを産んでくれるでしょうし、わたしは豪邸でその子どもたちの世話をするでしょう！　この子はわたしの生き甲斐です。この子がいなくなったら死にます！　ルーマニアの家族はいつも一緒なんです。すてきでしょ！

しかしまもなく、その二人は単なる観客で、わたしを売り出してくれる人ではないことがわかった。

男の妻は妊娠していた。

わたしたちがその二人が住む町の近くでショーをするときに、彼らはやってきた。息子たちを連れて。クリスマスはぜひうちで過ごしてください、と言われた。

その男は金細工師だった。

母さんはみんなを食事に招待した。わたしたちはキャンピングカーの前で、大きなテーブルに向かって座っていた。

写真だと、わたしたちはまるで家族のように見える。

出しもののあと、息子たちはキャンピングカーのなかで寝てしまった。わたしたちは踊りに行った。

その男はわたしを自分の娘のように扱った。

わたしの手をとり、自分の膝の上に座らせた。

彼の妻とわたしの母さんは笑っていた。

母さんの夫はわたしを変な目で見た。

彼らは大きくてきれいな家に住んでいる。家具は木製でぴかぴかだし、リモコン付きのカラーテレビや本物の油絵がある。金メッキを施したグラス、高価な陶磁器の食器、本が並ぶ棚。

ルーマニアにあるわたしたちの家はもっときれいで、ずっと大きかったわよ、と母さんが言う。

でもわたしには思い出せない。

母さんの話によると、わたしはルーマニアで、姉さんのクレヨンで壁いっぱいに落書きをしたそうだ。わたしはロシア製のプラスチックの電話を持っていて、白鳥たちに電話をかけていたらしい。ヴェッタという名前のお手伝いさんがいて、メルツィショア（ルーマニアの習慣で、三月一日にプレゼントする赤と白の紐がついた装身具をこう呼ぶ）という名前の大きな犬がいた。わたしは犬用の籠で一緒に寝たがり、同じ皿からエサを食べようとした。メルツィショアの毛で、ヴェッタはわたしにセーターを編んでくれた。

ペトル伯父さんはわたしのことを**おやじさん**と呼んでいた。わたしは伯父さんの家で、グラスを割ることを許されていたから。

父さんのことは思い出せない。

おばさんは、もし自分がいなければ父さんは母さんにあんたを中絶させただろう、と言う。どうやって赤ん坊を連れて旅をしたり、外国に逃げたりすればいいんだ、と父さんは言ったらしいのだ。

わたしが生まれたあと母さんは、父さんと一緒にあちこち回っているあいだ、わたしをおばさんに預けていた。

母さんが戻ってきたとき、わたしは母さんを**おばさん**と呼んだ。

そしておばさんのことを**母さん**と呼んだ。

でもやがて、そう呼ばないように教えられた。

その男の息子たちはわたしより年上で、それぞれ自分の部屋を持っていた。

そして、自分の本を。

わたしは一冊も本を持っていなかった。


本なんか読むとバカになるよ、と母さんは言う。

そうだね、くいしんぼちゃん、とその男はおもしろそうに言う。きみは何を見ても驚かないんだね。


わたしがアフリカに行ったことがある、と話すと、彼の息子たちは、それはここのとは別の大陸だと答えた。

母さんは、そんなこと、この子も知ってるわよ、と言った。

大陸と大陸のあいだには海があるんだ、と息子たちは言った。

わたしはネーゲリ先生のコメントを思い出した。


海はスイスから逃げていってしまった。そして、大陸と大陸のあいだに落ち着いたのだ。

その男は、わたしたちが早めに帰っていたペンション・マドリッドに電話してきた。そしてわたしに、きみを愛している、でも怖がらなくていいよ、と言った。

電話は廊下にある。

わたしが母さんやその夫と一緒に泊まっていた部屋では、くりかえし廊下で電話が鳴るのが聞こえた。

母さんがいびきをかいているあいだは、何も起こらない。

その男の妻は母さんに、あんたの娘がわたしたちの結婚を汚した、と言った。

彼女はカトリックだ。

わたしたちが旅立つ前、彼女は泣いて祈りながら、剝き出しの膝をついて石の床をこすっていた。彼女の夫とわたしの罪を償うためだ。

ことが起こったのは、ある午後、テレビの前のことだった。

母さんとその夫と男の妻は横になっていた。

息子たちは前の床に座っていて、その男とわたしはソファに腰を下ろしていた。

その男はいきなりズボンの前を開くと自分のものを手に取り、白い液体が飛び出すまでこすっていた。

わたしは動けなかった。

男は指をわたしの唇の上においた。

なめてごらん、と彼は言った。


ある日、男はプレゼントを持ってきた。テニスのスコートと、スポーツシューズだ。

母さんは、この子はテニスはできませんよ、と言った。いまから習っても無駄です。もうすぐ発たないといけないんですから。

男は、わたしを連れていくと言い張った。

息子たちも一緒だと聞いて、母さんは安心した。

うちの夫もついていかせます、と母さんは言った。

行かせてやれよ、もう大きいんだから。自分で自分のことはできるだろう、と母さんの夫は言った。

うちの子はまだ処女なのよ、と母さんは男の息子たちを脅すように言った。この子から目を離しちゃだめよ！

テニスコートでは、最初の日から男が息子たちとわたしを離れさせた。

そしてわたしに、一緒に更衣室へ行かないか、と尋ねた。

わたしはうなずいた。

わたしたちはトイレに閉じこもった。

俺のズボンを開くんだ、と男は言った。

彼の下着は膨らんで、湿っていた。

やったことはあるのか？

わたしは、ないと答えた。

俺のペニスを手に取って好きなことをしてみろ、と彼は言った。

わたしは彼のパンツに触ったが、なかに手を入れる気にはなれなかった。

口に入れたっていいんだぞ。

男はアルマンドという名前だった。

母さんも一度、アルマンドという名前の男と付き合ったことがあった。その人も既婚者だった。

どうして母さんはわたしのことで興奮するんだろう？

母さんが付き合っていたアルマンドは、パリのナイトクラブのオーナーだった。

わたしの両親とおばさんは、そこに出演していた。

彼はナイトクラブの上に大きなアパートを持っていて、鏡の間のような、長い鏡の廊下があった。

わたしたちはキャンプ場でキャンピングカーに泊まっていた。

父さんは母さんを一人では外出させなかった。それで、母さんは定期的にわたしを連れてアルマンドのところに行った。その途中でわたしに、ミッキーマウスの漫画とお菓子を買ってくれた。

母さんはわたしを、病院の待合室のような部屋に連れていった。ここでソファに横になって、漫画を読んだり寝たりしていいのよ、と母さんはほほえみながら言った。ここはすてきでしょ？　アルマンドもあんたが来てくれて喜んでるのよ。わたしたち、ちょっと大事なお話があるの。母さんの目は、タマネギのピクルスのように輝いた。

待っているあいだ、わたしは全部のページのミッキーマウスの目に穴を開けた。

それが終わると、部屋のなかを行ったり来たりした。
お菓子を平らげた。
心臓が頭のなかでドキドキしていた。
外は暗くなっていた。
部屋のなかに雪が降り始めた。
ソファは凍りついた。
壁も凍りついた。
わたしの両手足も凍りついた。
わたしの目も。
雪がわたしを覆った。

彼の息子たちは家で、自分たちは二人きりでテニスをやった、と話した。父親とわたしはしょっちゅう席を外していた、と。

実際に一度か二度、店のお客さんに荷物を届けるためにいなくなったんだよ、とアルマンドは言った。

それからまもなく、みんながテニスコートに現れた。

母さんが更衣室から呼ぶのが聞こえた。

わたしの娘はどこ？　わたし、自殺するわよ！

6

わたしはバンビを、間違って死なせてしまった。

あれは事故だった。

マリー・ミストラルはわたしを、人殺しと呼んだ。

それから彼女は笑って言った。あら、バンビはただの犬だったわね。忘れちゃいなさいよ！


バンビはわたしを信頼してくれたのに、わたしは死なせてしまった。

わたしは顔や首に吹き出物が出ていた。それはまるで火のように、体中に広がっていった。


わたしは人前に出るのを恥じた。

みんなが吹き出物を見たし、何人かは観客席からそれを指さして笑っていた。

母さんは市場でモルモットを買い、わたしに持ってきた。

バンビはいま天国にいて、貧者の海で泳いでいるよ。また会うときには、バンビは黄金でできているよ、と母さんは言った。

でもわたしはバンビを渡したくない！

わたしはバンビの体をビニール袋に入れ、冷凍庫に入れた。どこかに移動するときには、バンビの体はクールボックスに入っていた。
わたしはバンビを渡さない。
わたしはバンビを殺したわけじゃない！

もし誰かがバンビを持っていこうとしたら、わたしは世界中のすべてが壊れるまで、叫び続けるだろう。

子どもはおかゆのなかで煮えている。その子の声が、石つぶてでいっぱいだからだ。

どうしてバンビは、ドアの隙間に首を突っ込んだりしたんだろう？
そんなことは禁止だ！
ドアの隙間に首を突っ込むのは禁止だ！

それは禁止だ！

禁止だ！

もし神さまが神さまなら、いまここに降りてくるか上がってくるかして、バンビが生き返るように助けてくれなくちゃいけない。


バンビに生き返ってほしい！


氷のなかに入れておかなければ、バンビは腐ってしまう。

剝製にしてくれる人が見つからないうちは、バンビを解凍できない。


あれは事故だった。

高速道路で。

わたしが車のドアをバタンと閉めたとき、ちょうどバンビが車から頭を突き出したのだ。

わたしは血まみれになりながらバンビを抱いてサービスエリアに走っていき、バンビを氷の箱に横たえた。

死んでるよ、と誰かが言った。落ち着きな、この犬は死んでるよ！

わたしが氷で血を止めれば死なない、また元気になる！

何が起きたの！　と母さんが叫んだ。何が起きたの！
もっと氷をちょうだい！　もっと氷が必要なの！

わたしの犬が道路を走っていく。体はガイコツで、肉はない。犬の体を透かして向こうが見える。犬のガイコツを見た人はみんな、わたしを罰することができる。泣いちゃだめだ、と口が言う。さもないと母さんが不安になる。口はいつも腹ぺこだ。口、腹ぺこ、腹ぺこ、口を縫いつけてしまえ！　わたしは人形が嫌いだ。わたしの脚は別の誰かのものになっていて、部屋をいっぱいにしている。わたしには穴が開いていて、血が出ている。大したことないよ、と黒髪の女が言う。あんたはおもらししちゃったのよ。わたし、あんたの母さんよ、と彼女は言う。わたしは体の穴にパンを詰める。ズボンのなかに血が流れ込んでほしくない。**空はまるで破裂した目の血管のようだ。**喜劇役者の**ピーパー**に触られたくない！　嫌だ！　わたしの両脚とわたしは、彼と一緒にペピータのところで「**愉快なやもめ**」という寸劇を演じる。明日は食事はやめる！　**ピーパー**が「**愉快なやもめ**」のなかでわたしに触ると、わたしの胸が腐る。明日は食事はやめる、すべてがプラスチックの味だ。いまのままじゃダメよ、とペピータが言う。食べるのをやめなさいよ、と彼女は言う。あんたはどんどん肥る。ポスターの絵とぜんぜん違うじゃない。それじゃダメよ！　犬は死んだ。犬を靴の箱に入れ、箱を冷蔵庫に入れる。犬の赤い毛が伸びて、犬を、箱を、冷蔵庫を、わたしを、部屋を覆ってしまう。天使が犬の服を着ている。犬は首を切られている。死んだ天使を剥製にしよう。天使は歯を剝き出す。わたしの天使は血が出るほど笑う。

わたしたちはいい暮らしをしなくてはいけない。
わたしは感謝する。ここにいられて嬉しい。
わたしは元気です。

ペピータの店で、わたしは大人気だ。
一度の公演で、十四回も出番がある。
シーズンには、大きな歳の市で、一日に六度も公演がある。
将来見出されるときに備えて、わたしはたくさんのことを学ぶ。

わたしはずっとバンビの夢を見ている。


バンビがバルコニーから転落する。地面にびしゃっとぶつかり、走り出す。

砂糖はバンビという名前で、わたしの口のなかで蛇に変わる。

母さんがわたしに犬をプレゼントする。犬は新聞紙にくるまれている。包みから出そうとすると、犬はわたしの指を噛み切る。指が言う、どうしてぼくを切るの？


わたしはもう眠りたくない。

ただ急ぎたい。

いつもただ急いでいたい。

母さんはわたしにとてもやさしい。

わたしはそれが気に入らない。まるで、絶えず**ごめんなさい**を言わなくちゃいけないような気分だ。

母さんがわたしのなかに出たり入ったりする。

わたしは母さんの写真と同じように見える。

わたしがいないみたいに見える。

わたしの吹き出物はよくならない。
それから公演の真っ最中に話せなくなる。

ペピータはわたしたちを休ませようと、マドリッドに送り出す。
わたしは広告写真を撮るのが嫌だった。
すると、またほかの女の人たちと一緒にバックで踊るように言われた。
母さんはそれを断った。

ペピータはわたしたちをクビにした。契約期間はまだ終わっていなかったのに。

4

1

おばさんがわたしたちを引き取ってくれた。

飛行機代も払ってくれた。

家にあるお金を使いこんでしまう父さんはとっくにいなくなってるのに、わたしたちにはお金がなかった。

ペピータからのギャラがあれば、母さんに家を買ってやれたのに。

幸せって、もっと違うものだと思っていた。

シュナイダーさんは、わたしが戻ってきたので喜んだ。

彼女はすぐに、わたしを外国人向けの語学学校に送り込んだ。

母さんがわたしを学校に送っていき、また迎えに来た。

わたしたちは学校で会話をした。

名前は何ですか？

わたしの名前は何？

隣の人の名前は？


わたしはこういう名前です。


九か月間語学学校に通ったあとで、シュナイダーさんはわたしを職業相談に行かせた。

そこでは、これまでにどれくらいの教育を受けたのか、テストされた。

アドバイザーとわたしは、茫然として向かい合った。

わたしが質問に答えられなくなるたびに、彼女は親切になり、まるでわたしの耳が聞こえないかのように、言葉を強調しながら話した。

相談が終わると、一人の女性が注意深くわたしを案内して、隣室のシュナイダーさんのところに連れていった。

彼女はまるで小包みたいにわたしを引き渡した。
あんなに恥ずかしかったことはない。

そんなこと、あんたが知ってる必要はないのよ！　と母さんは叫んだ。あの人たち、お手玉はできるの？　髪の毛でぶら下がれる？　前後開脚ができる？　あんなことを続けられたら、子どもがおかしくなってしまう！　ペピータのところに居続けた方がよかった！

母さんとわたしのあいだには、大きな溝が開いていた。

あなたにはできる、とシュナイダーさんは言った。彼女はわたしに、本を一冊プレゼントしてくれた。

『子どものためのカラー図鑑』

わたしは『子どものためのカラー図鑑』を毎日一ページずつ破り、そのページを暗記した。

わたしはしょっちゅう、おばさんの棚や引き出しを引っかき回さずにはいられなかった。わたしはこれまで一度も、定住している人の引き出しの中身を見たことがなかったのだ。棚には死んだ隣人の服が積み重なっていた。すべてルーマニアに送るのだ。シーツ、バスタオル、ミニタオル、暖かい下着。アパートは、小さいのから人間の大きさぐらいまでのぬいぐるみでいっぱいだった。ソファの隅、ナイトテーブル、ベッドのなかにも。値札がついたままの、金メッキの花瓶があった。絨毯《じゅうたん》があった。さらにもう一枚。さらにもう一枚、小さいのが大きいのの上に。さらにもう一枚。

刺繍したカバーが、安楽椅子の肘掛けの上に。

エルヴィス・プレスリーのポスターがドアに貼られていた。

エルヴィスの顔がついた銀色の皿が戸棚にある。プラスチックの造花、光を出す聖母像、七つに枝分かれした蠟燭立て、大きくて息を吹き込んで膨らませられる、ビニール製のシャンパンボトル、箒《ほうき》を持った鋳鉄製の女性像、野生動物の歯型。

壁にはイエスの絵、マリアの絵、マッターホルンの写真、ルーマニアの村で輪になって踊る人々、クリスマスツリーの前に立つおばさん、おじいちゃんの腕に抱かれたわたし、ペディキュア師の資格証、ランプの笠の上にはおばあちゃんの写真がついたステッカー。

母さんとわたしはチョコレート工場で働いた。

母さんの夫は労働許可がなかった。彼は定期的にこの国を離れ、滞在許可を申請しなくてはいけなかった。

彼と母さんはずっと、どうすればお金が稼げるか考えていた。

自分たちで売るために、チョコレートを工場から持ち出そうと思った。

でもそのことはおばさんには言えない。おばさんとその夫はとても変わってしまった。夜の十時になったら、わたしたちはアパートを忍び足で歩かなくてはいけない。隣の人の邪魔をしないためだ。


母さんはサーカスの衣装の一部を縫い直して、ゴーゴーガールたちに売った。

わたしがペピータのところで着ていた衣装は、いまでもまだ全部残っている。

あんたが元気になったら、ここでどの舞台にも出られるよ、と母さんは言った。みんな、あんたの前にひれ伏すよ！　あのゴーゴーガールたちがやるようなことは、あんたなら全部できるんだからね！

映画界以外には行きたくありません、とわたしはシュナイダーさんに言った。
彼女は心配そうな顔をした。
少なくとも演劇学校に行かないとね、とそれから彼女は言った。
そうしないと、もう難民援助のお金がもらえないのだ。

シュナイダーさんは、わたしのために演劇学校の入試を申し込んだ。

母さんは写真が入った袋を持ってきて、大きく腕を振り回しながらいろいろな言語で、わたしにどれほど才能があるかをしゃべった。

サーカスのパレードに出ているような気がした。

わたしはペピータのところでやった、「愉快なやもめ」のベッドシーンを演じた。でも服を脱ぐ必要はなかった。

古典劇に関しては、シュナイダーさんはわたしに「聖なるヨハンナ」（ブレヒトの戯曲と思われるが、バーナード・ショーにも「聖ヨハンナ（聖女ジョウン）」という作品がある）を練習させていた。

その場面を演じる前に、先生たちがわたしたちと稽古をした。

すべての生徒が輪になって立ち、動物のように動いたり、音を立てたりした。

わたしは前後開脚をし、フラメンコを踊り、ラファエラ・カラ（イタリア出身の歌手、一九四三〜二〇二一）の歌を歌った。

それから誰もが一冊の本から朗読をし、読んだ箇所を自分の言葉で語り直さなければいけなかった。

わたしの頭はまるで岩場の斜面のような感じだった。

ひとこと話すか話さないうちに、脳みそが全部崩れ落ちてしまった。

最後の面接では、男の先生が生徒を一人ずつ部屋に呼んだ。

先生たちはテーブルの向こうに座っていた。みんなとても大きくて、頭が天井に届くほどだった。

校長の口が開いた。そこから言葉が出てきた。

わたしの耳に届いたのは次のような言葉だった。残念ですが、わたしたちはサーカスではありません。

2

父さんと会うのが最後になる前に、父さんは映画を撮影して神さまの役をやった。母さんは神さまのおばあさんの役をやり、わたしは守護天使の役だった。

わたしは白いレースのワンピース、白いハイソックス、黒いエナメルの靴を身につけている。爪はバラ色で、頬は赤くなっている。

天使は長いこと外の空気にあたっているから、いつも赤いほっぺたをしている、と父さんが言う。

神さまとして、父さんは古い黒のフロックコートを着ている。

母さんはルーマニアの田舎のおばあさんたちみたいに頭に布を巻いて、カーテン生地で作った花柄の部屋着を着ている。

その映画の冒頭、父さんは赤いフロックコートを着て、サーカスの支配人として登場する。

田舎に住んでいるおばあさんの家の庭で、父さんは言う。「その下でずっと雨が降り続けているような木はあるだろうか？」

それから観客は、父さんが神さまになって木の下に座っているのを見る。

神さまは悲しがっている。

神さまはヴァイオリンでハンガリーの歌を演奏する。

おばあさんが窓辺に立って手を振っている。おばあさんは神さまのためにおかゆを煮たのだ。

ヴァイオリンの曲はとても悲しい曲なので、庭の草も花も木も悲しそうになる。

サーカスの支配人がまた現れて、「庭の垣根も、窓もドアも、そしておかゆも泣き始める」と言う。

おばあさんは首を横に振って何か言うが、家のなかにいるのでよく聞こえない。

それから犬のボクシーが草の上を走っていく。

ボクシーの鼻面にはピンクの天使の羽がつけられていて、ボクシーは茂みの前で「チンチン」をするが、その茂みの向こうからわたしが登場する。

わたしは天使の羽をつけて、ボクシーと一緒にぴょんぴょんと雨の木まで跳ねていく。

雨は、じょうろから降っている。

守護天使とボクシーは神さまの悲しい曲に合わせて踊る。しかし神さまは嬉しそうな顔はしない。

サーカスの支配人が現れて言う。「貧しい人たちへの愛情から、神はおかゆを食べる。神自身も外国人で、国から国へと渡っていくのだ。これからまた大きな旅をするので、悲しんでいる」

おばあさんが泣く。

ボクシーもめそめそ泣いて、尻尾を両脚のあいだに引っ込め、耳をパタパタさせる。

守護天使はまだぴょんぴょん跳ねている。

「守護天使はけっして悲しまない」とサーカスの支配人が言う。「守護天使は喜びを広めるためにいるんだから」

次の場面では神さまとおばあさんと守護天使が一緒に食卓について、お別れのおかゆを食べている。

最後はおばあさんが戸口に立ち、手を振る。

終わり

訳者あとがき

本書はルーマニアのブカレストで一九六二年五月に生まれた、作家であり俳優のアグラヤ・ヴェテラニーが一九九九年にドイツ語で発表した最初の小説を翻訳したものである。彼女は二〇〇二年二月にチューリヒで亡くなっており、この小説は最初の作品であるとともに彼女の代表作となった。次作の「最後の呼吸の棚」は未完のまま、死後出版されている。亡くなったとき、彼女はまだ三十九歳だった。

『その子どもはなぜ、おかゆのなかで煮えているのか』は自伝的作品であり、彼女の子ども時代の記憶が多く描き込まれていると思われる。ルーマニアのサーカス一家に生まれ(父親はタンダリカという芸名で知られる道化師、母親はアクロバットの芸人)、一九六七年に家族で西側に亡命。本書ではルーマニアの独裁者チャウシェスクが靴職人の見習いをした人であることを当てこする「靴屋」という言葉が何度か出てくる。ルーマニアにはまだ親族一同がおり、西側からの仕送りや贈りものを当てにしている。一家は興行のために各地を転々とし、アグラヤはルーマニア語とスペイン語を覚えるものの、学校に長期間通うことはできず、一家が一九七七年にチューリヒに定住したときにはまだ文字が読めなかったらしい。その後、彼女はあらためてドイツ語をマスターし、チューリヒの演劇学校を卒業して演劇の仕事をするようになった。演劇学校で教壇にも立ち、文章（散文・詩・戯曲）を書いて雑誌などで発表していく。そして、本作品『その子どもはなぜ、おかゆのなかで煮えているのか』で一気に有名になった。この作品でオーストリアのインゲボルク・バッハマン賞に応募し、受賞は逃したものの、ドイツのシャミッソー賞（非ドイツ語圏出身のドイツ語作家たちに与えられる文学賞で、日本出身の多和田葉子も一九九六年に受賞している）の奨励賞とベルリン芸術賞の奨励賞を二〇〇〇年に受賞している。この作品については、「真正さ」が高く評価されたそうだ。作り物ではなく、サーカスで育った子どもの真に迫る声が聞こえてくる、ということなのだろう。

　ヴェテラニーの創作の特徴は、ページを繰るだけでもある程度目につくに違いない。ところどころ、叫び声のように文字が大きくなっている（日本語版ではその部分をゴシック体にしてある）。余白が多い。現在形が多く使われているので、まさに子どもの視点から作者が語っているという印象を与える。文章は短く、反復が多い。

この小説では、固有名詞はあまり出てこない。「母さん」「父さん」「姉さん」「おばさん」から成る家族が一人称の語り手「わたし」の世界の中心であり、サーカスの支配人や他の芸人はもっぱら遠景に退いている。家族はさまざまな場所に宿泊し、ホテルのバスルームで生きた鶏をさばき、映画撮影に取り憑かれた父親はバルコニーでものを燃やしたりする。山のなかの施設に預けられたときには「ヒッツ先生」が重要人物となるが、「わたし」はどうしても施設になじむことができない。やがて両親が離婚し、「わたし」は「母さん」とその「夫（もしくは愛人）」と共に移動し、「ペピータ」という女性と契約を結び、キャバレーなどで舞台に立っていく。娘を映画スターにしたがる「母さん」だが、現実は厳しい。「わたし」は肌の露出が多い衣装を着せられ、好色な男たちの目にさらされ、危うい思春期を送る。愛情は深いが、娘に教育を受けさせるよりも舞台に立たせることで生活の糧を得ようとする「母さん」。「父さん」は「姉さん」とともに去り、「おばさん」は結婚して去る。契約を打ち切られ、将来の見通しがない「わたし」の生活は、まさに八方塞がりのように見える。

こうした人生が、おかゆのなかでぐつぐつ煮られていく子どもの運命と重なって見える。おかゆのメルヒェンといえば鍋からいくらでもおかゆが溢れてくるグリムのメルヒェンが有名で、子どもが煮られてしまう話は出典が見つけられなかったが、ルーマニアの民話なのかもしれない。なぜ鍋のなかに入ってしまうのか、その理由は子どもの想像の世界で、さまざまなバージョンで示される。

おかゆのなかで煮られる子どもの運命に思いを馳せることで、「わたし」は墜落の危険のある芸に挑む母親の身を案じる不安から、いっとき解放される。施設に預けられたときも、「姉さん」と一緒に盛んにこの子どもの話を思い出す。亡命者のサーカス一家としての不安定な生活のなかで、この話が「わたし」の人生に伴走していく。

たいへんそうな生活のなかで、最後の映画の場面には不思議な透明感が漂う。生き別れとなった父が撮影した映画の一シーン。神の出立と、別れの「おかゆ」。小説の終わり、家族の終わり、少女時代の終わり……。さまざまな思いの交錯する、余韻の残る結末である。

ヴェテラニーのことを知るきっかけは、韓国文学翻訳者の斎藤真理子さんからいただいた。斎藤さんが訳されたペ・スアという作家が、かなりの数のドイツ語文学を韓国語に翻訳しており、そのなかにヴェテラニーのこの作品も含まれているとのこと。ヴェテラニーのこの本は、目下のところペ・スアが最後と決めた翻訳作品となっているらしい。白水社から出ているペ・スアの『遠きにありて、ウルは遅れるだろう』（三人のウルが出てくる、三つの物語。幻想的と呼ぶだけでは足りないような、いままでに読んだことがない独特の味わいを持つ作品だ）の「訳者あとがき」に、ヴェテラニーのことが出てくる。ペ・スアが見出さなければ、ヴェテラニーの作品がアジアで翻訳される機会はずっと先のことになっていたかもしれない。

『その子どもはなぜ、おかゆのなかで煮えているのか』は、これまでに英語・フランス語・スペイン語・ポーランド語・ハンガリー語・スロヴァキア語・ルーマニア語に翻訳されたとのことだ。さらに、ハンガリーでは二〇一二年に映画化もされている。彼女の未完の小説「最後の呼吸の棚」も、ポーランド語・スロヴァキア語・ルーマニア語に翻訳されている。この未完の小説は今回底本として使ったペンギン社の本にも収録されているが、ふたたび「おばさん」と「母さん」が登場し、「おばさん」はスイスの病院で死にかけている（最後には死ぬ）。少しずつ衰弱していく「おばさん」の姿を描きながら、あいかわらずエキセントリックな「母さん」や、「おばさんの夫」、そして病院の人々を観察の対象としつつ、独特の詩情が展開していく。危篤状態の「おばさん」をルーマニアに帰らせるべきかどうかという話も出るが、「おばさんの夫」は同意しない。費用の問題もあるし、手続きもたいへんだ。こうした家族の、第一作に較べればずっと人数が小さくなってしまったやりとりが、同じように余白の多い形式で綴られている。

ヴェテラニーは詩も書いており、ペンギン社の本にはそれも収録されている。なかには、『その子どもはなぜ、おかゆのなかで煮えているのか』に出てきたエピソードもある（男が靴をなくし、家がどこかに行ってしまうという話）。短い文で畳みかけるように記されている詩は、どれもどこかメルヒェンのような雰囲気を醸し出している。ヴェテラニーの場合、散文もこうした詩的なスタイルの短文の積み重ねで書かれているといえる。

二〇〇〇年に複数の文学賞を受賞したヴェテラニーだったが、二〇〇一年秋から深刻な精神状態に陥り、二〇〇二年二月にチューリヒ湖に入水自殺して自ら命を絶った。彼女の私生活については、残念ながらあまりわからないが、彼女の写真は、ネット上で数多く見つけることができる。墓は、チューリヒにあるようだ。

ヴェテラニーという稀有な作家を日本でも紹介することができたことは望外の喜びだった。本書を翻訳するきっかけを作ってくださった斎藤真理子さん、編集を担当してくださった竹花進さんには、心から感謝したい。

二〇二四年六月

松永美穂

アグラヤ・ヴェテラニー (Aglaja Veteranyi)

1962年、ルーマニアの首都ブカレストでサーカス家庭に生まれる。67年に亡命し、77年にスイスのチューリヒに定住するまで、サーカス興行のために各地をめぐる生活を送る。定住後にドイツ語を学び、俳優として活躍するほか、実験的文学グループ「Die Wortpumpe」を共同で設立し、新聞や雑誌に多数の記事を寄稿。1998年にベルリン文学コロキウムの助成金を受ける。1999年に初小説『その子どもはなぜ、おかゆのなかで煮えているのか』を出版し、シャミッソー賞奨励賞、ベルリン芸術賞奨励賞を受賞。2002年2月の早朝に自死。

松永美穂 (まつなが・みほ)

ドイツ文学者・翻訳家。早稲田大学文学学術院教授。シュリンク『朗読者』で毎日出版文化賞特別賞受賞。他の訳書にシュピリ『アルプスの少女ハイジ』、ヘッセ『車輪の下で』、バッハマン『三十歳』、シュテファン『才女の運命』、ティム『ぼくの兄の場合』、シュタム『誰もいないホテルで』等。著書に『世界中の翻訳者に愛される場所』等。

その子《こ》どもはなぜ、おかゆのなかで煮《に》えているのか
2024年9月20日　初版印刷
2024年9月30日　初版発行

著　者　アグラヤ・ヴェテラニー
訳　者　松永美穂
発行者　小野寺優
発行所　株式会社河出書房新社
〒162-8544 東京都新宿区東五軒町 2-13
電話　03-3404-1201（営業）
03-3404-8611（編集）
https://www.kawade.co.jp/
印　刷　株式会社亨有堂印刷所
製　本　小泉製本株式会社

Printed in Japan
ISBN978-4-309-20914-2